봄, 시작하는 마음

일러두기

- 국립국어원 표기 원칙에 따르되, 작가의 문학적 표현일 경우 그대로 표기하였습니다.
- 단행본, 정기 간행물, 신문의 제목은『 』, 영화·방송 프로그램·노래 제목은〈 〉로 묶어 표기하였습니다.
- 각 작품에 등장하는 인물들은 내용과 상황에 따라 가명 혹은 알파벳 이니셜로 처리하였습니다.

우리들의 새로운 출발선

봄, 시작하는 마음

이	태	김	김	황	강	채	이
주	지	해	신	효	지	반	승
호	원	리	식	진	혜	석	주

차례

＋

3월이라지만 강당은 겨우내 사람의 온기 없이
찬 공기에 얼어 있던 터라 발목이 시렸다.
눈에 띄지 않게 가끔 뒤로 고개를 돌려 주위를 두리번거렸다.
중학교가 같았던 무리들은 벌써 팔짱을 끼고
귓속말을 하면서 킥킥대고 있었다.
다른 학교에서 똑같은 마음일 친구들을 떠올렸다.

봄은
발끝으로부터

이주호

이주호

'붉고 넓게 물들이다.'
이름의 다른 뜻을 태양이라 해석하고서
이름처럼 살고 있다는 말을 들을 때 기쁘다.
교보문고에서 MD로 일하며,
많은 독자들에게 좋은 책이 닿게 하고 싶다.
새봄에는 어떤 책이 나올까 궁금해하며 지낸 지 5년이 지났다.

1.

   글을 잘 쓴다는 이야기를 들어 왔지만 내게는 일어난 생의 사건을 나열해서 가장 근사한 하나의 서사를 풀어낼 수 있을 만큼의 재능이 없다는 것을 전부터 조금씩 깨달아 왔던 것 같다. 치기 어린 자신감은 국어국문학을 전공하면서 만났던 몇몇 도드라지는 진정한 글쟁이 친구들의 글을 하나씩 접해 왔을 때부터 조금씩 깨어 부수어져 왔다. 책을 가까이하는 직업을 가지고 글쓰기가 업이자 숙명인 이들의 글을 무수히 접하게 된 후부터는 더 무참하게 파편이 되어 버렸다. 문학을 전공하지 않더라도 전공자의 지식 같은 것과는 무관하게 장엄한 글을 쉬이 내리 적는 사람들이 곁에 있었기 때문이기도 했다. 그런 것들을 보고 조금씩 기세가 깎여 나갈 때, 그럴 때 내 처지는 뭐라고 해야 하나. 혀를 내두른다고 해야 하나, 아니 혀를 내두른다기보다는 눈알이 뒤집어진다고 해야 하나.

적을 수 없겠구나. 내게는 이 모든 것을 정확한 언어로 가두어 낼 역량이 없구나. 영원과 같은 현재가 속속히 과거로 곤두질할 때 무기력하게 바라보는 수밖에 없겠구나.

대작가가 되지 못하는 이상 내가 선택한 행로는 그저 꾸준히 적는 것이다. 미래에 대한 예지가 쓰게 만든다. 꾸준히 적는 사람이 된 데에는 언젠가 이 기록의 모든 것이 효용이 있으리라는, 놓을 수 없을 만큼 환상적인 믿음이 있는지도 모른다. 다만 막연하게 이 모든 것을 지겨우리만치 세세히 풀어내 활자로 각인시키는 날이 오리라 생각할 뿐이다. 돌아오지 않는 시간 속으로 사라져 버린 추억들에 대해, 삶의 모든 부분을 채우다가 이제는 영원히 지나가 버린 어떤 순간들에 대해, 놓쳐 버린 이 기분들에 대해, 미처 말하지 못한 그때의 나에 대해, 지독히 말하고 싶은 일부분에 대해, 아무도 기억하지 않을 소소한 일들에 대해, 한때 나를 사로잡았던 것들에 대해, 맹렬히 쏟

아 냈던 열정에 대해, 아둔하다 비난할 수만은 없는 순간의 선
택들에 대해.

잠깐잠깐 저절로 끓어오르는 감상들을 도무지 적지 않고는
버티지 못할 때 빠르게 종이에 펜을 흘려 내려갔다. 타자를 두
드리며 거침없이 적어야 하는 그런 때 맹렬하게 적었다. 그러
고는 금세 탈진하여 기록의 중압감에서 벗어났다. 혹은 쓸 기
회가 주어질 때 붙잡을 기회가 주어진 사람처럼 애타게 적어
냈다. 일어났던 일에 대해 다시 적는 일은 과거를 헌사하는 데
온전한 시간을 바칠 수 있는 기회가 주어진 뜻이기도 했다.

이번 원고를 쓰게 되었을 때 지금의 인연들이 공고해지기
시작한 시작점을 쓰기로 했다. 그리고 선생님을 헌사할 기회가
주어졌다고 생각했다.

2.

교복 재킷 속 겨드랑이 부분에 블라우스가 자꾸만 거북하게
꼈다. 이제는 키가 더 크지 않을 것이라 예상하면서 핏한 사이

즈로 산 교복이다. 3월이라지만 강당은 겨우내 사람의 온기 없이 찬 공기에 얼어 있던 터라 발목이 시렸다. 사회를 맡은 선생님이 말씀하시는 동안 눈에 띄지 않게 가끔 뒤로 고개를 돌려 주위를 두리번거렸다. 아는 얼굴을 하나씩 발견할 때마다 낯섦이 안도감으로 교체되었고 동시에 새로운 시작에 걸맞지 않은 구면의 출연에 신선함이 반감되기도 했다. 중학교가 같았던 무리들은 벌써 팔짱을 끼고 귓속말을 하면서 킥킥대고 있었다. 다른 학교에서 똑같은 마음일 친구들을 떠올렸다.

다시 블라우스 소매를 아래로 잡아당기면서, 공부 잘하도록 생긴 긴장 바짝 선 모범생들은 없는지 동태를 살폈다. 다들 열심이라 내신 점수 받기가 힘든 학교라고 하던데. 2지망으로 적어 낸 학교가 설마 배정되는 건 아닌지 문득 서늘한 예감을 느꼈던 날을 떠올렸다.

담임 선생님이라도 잘 만나야 할 텐데. 그러면서 나는 다시 고개를 앞으로 돌렸다. 고등학교에서의 첫 지도를 잘 잡아 줄 사람. 드디어 담임 선생님 발표다. 강단 위에 앉아 있던 선생님들이 일어났다. 아이들도 자세를 고쳐 앉았다. 선생님들이 간격을 맞추어 섰다.

'다섯 번째 서 있는 사람만 아니면 된다.'

유독 눈에 띄게 나이 든 선생님이었다. 학생이 아닌 선생님에게서라도 새 학기가 되면 필연 느껴지는 설렘이라고는 찾아볼 수 없는 무표정이었고 칙칙한 겉옷이 더욱 나이 들어 보이게 했다. 입가에 미소를 띠고 있는 선생님과 똘똘해 보이는 선생님까지, 첫인상과 희망 순위는 빠르게 결정지어졌다.

재빨리 팸플릿에 적힌 반 순서와 선생님들을 순서대로 번갈아 보았다. 왼쪽에 서 있는 선생님부터 학급 이름을 붙였다. 새 학교의 눈에 익지 않은 학급 이름이었다. 덕, 현, 명, 숙, 영······. 어라. 저 다섯 번째 선생님이 내 담임이잖아. 아니다, 오른쪽으로 세면 다른 선생님인데. 사회자 선생님은 마이크에 입을 대더니 선생님들이 서 있는 순서대로 한 명씩 담당한 반을 호명하기 시작했다. 바로 왼쪽부터.

고등학교 첫 담임 선생님은 이름조차 옛날 수학 교과서에 나올 법한 느낌의 글자로 이루어져 있었다. 늘 선생님의 이름을 보며 중국 황제의 무덤에 있을 오래된 유적의 벽화나 한자의 기원을 찾는 데 쓰일 갑골문자에서나 발견되었을 거라고 상상하곤 했다. 가까이서 본 선생님은 괜찮았던 왕년을 떠올리게 할 만큼 예상외로 멀쑥한 인상이었다. 한 손으로는 앞머리를 훌훌 넘기는 게 습관이셨고, 입을 열면 살벌한 대구 사투리가 생생하게 튀어나왔다.

훈화를 할 때면 '공부를 하지 않는 불특정 학생들'을 가리켜 언제나 "등신 쪼~다."라고 일컫던 선생님은 옛날 사람이 맞았다. 수업 연구이고 담임반 관리이고 해 오던 방식을 고수하던 점에서도 그랬다. 선생님은 오로지 칠판 수업만을 고집하셨고, 수업 준비는 언제나 교사용 교과서 사이에 칠판 볼펜을 끼우고 가져오시는 것이 전부였다. 바람처럼 빠른 퇴근으로 가끔은 전달 사항만 회장인 내게 전해 주셔서, 종례가 없는 날도 있었다.

우리 담임이면 안 된다는 첫인상이 누그러진 것은 입을 다물고 계실 때나 웃을 때 한쪽만 삐죽 튀어나오던 선생님의 앞니 때문이었다. 표정이라곤 없을 줄 알았던 사람의 첫인상이 뒤바뀌던 미소였다.

새로운 곳에 가면 마음에 정붙일 사람을 두고 그 사람의 장점을 발견해 나가는 게 나의 오랜 적응 방식이었다. 선생님이 앞니를 입 밖으로 내민 채로 허술하게 웃으실 때면 따라서 웃게 되었다. 웃게 만드는 사람을 좋아할밖에. 국어 선생님이라는 점도 가산점이었다. 나는 언제나 국어 선생님들을 높게 평가하곤 했다. 제일 좋아하는 과목이기도 했고 국어 선생님은 다른 과목에 비해 사람 얘기를 많이 접하는 만큼 인간적인 면모를 더 가지고 있을 거라는 선입관이 있었다. 그때까지 만났던 국어 선생님들로부터 누적된 긍정적인 경험의 영향과, 저들도 어릴 적엔 국어를 제일 좋아했을 거라는 동질감이기도 했다.

하지만 젊고 반짝이는 선생님들로만 가득한 1학년 담임들 중에서 노교사인 담임에게 철저한 관리 치하를 누릴 수 없다는 점은, 다른 반에는 자존심 때문이라도 티 낼 수 없는 우리반만의 비밀 같은 불만이었다. 그래서인지 나는 1학기 회장 노릇을 더 번듯하게 하려고 애썼다. 선생과 제자라는 엄정한 관계라기보다는 정으로 끈끈하게 연결되어 있다는 점이 우리반만의 은근한 자부심이기도 했다.

"부모님 똥꼬 빠지게 고생하는데. 남의 주머니에 있는 돈을 자기 주머니로 가져오기가 을매나 힘든 일인지 아나. 니그 나중에 똥꼬 빠지게 고생하는 기 뭔지 알게 될 기라."

선생님이 분위기를 잡으며 엄하게 호통치실 때면 눈물이 그렁하여 있다가 뒤돌아서서는 "완전 할아버지야, 할아버지." 하면서 꾸지람 들은 손자처럼 은근한 서운함을 털어놓던 우리였다. 개인 상담을 할 때면 무엇을 어떻게 더 공부해야 한다는 방법론보다는 "더 할 수 없겠나? 응?" 하고 선생님이 안타깝게 건네는 한마디가 비수처럼 푹 꽂혀 결의를 쥐게 하기도 했다.

3.

믿고 따르는 시선이 사람의 마음에 통로를 만들어 내는 걸까. 다른 것들은 차치하더라도 선생님을 따랐던 건 선생님이 특별히 보여 주신 편애 때문일 것이다. 나는 선생님의 애제자였다. 선생님은 수업이 끝나면 교무실로 제자를 부르시고는 할아버지가 꼬깃꼬깃하여 둔 쌈짓돈을 손자에게 몰래 주듯 선물을 주시곤 하셨다. 대개 교사용 문제집같이 받기도 애매하고 쓸모도 크지 않은 것이었지만 일단 받으면 기분은 좋은 그런 선물들이었다. 미국 사람들에게는 행운의 상징이라며 은행 봉투에 행운의 2달러를 곱게 담아 주시기도 했다.

선생님은 그때 막 중국 당나라의 시가인 당시(唐詩)에 대해 집필한 책을 출간하셨고 부모님께 가져다드리라며 대학생들이 쓸 법한 교재의 책을 턱 내어주기도 했다. 선생님의 붓글씨가 담긴 화선지를 주시고는 어떠하냐며 은근한 기대로 물어보시기도 하셨다. 그러면 내 대답은 어땠나. 훌륭―합니다. 치켜세우는 대답을 부끄러워하는 기색도 없이 곧잘 내뱉었던 것 같다.

선생님의 취미는 서예였다. 가뜩이나 작은 교무실의 책상은 선생님의 먹과 붓 때문에 더 좁았다. 교무실 제일 구석 자리에 있던 선생님의 자리는 언제나 그런 것들로 가득했다. 그때는 교무실의 비좁은 파티션 사이를 건너 구석까지 찾아 들어가는 자리가 번거로웠다.

사회인이 된 지금의 시선으로 보면 그야말로 명당인 자리였다. 선생님들 사이에서도 정년이 차 가는 교사를 위한 예우가 있었으리라. 다리 밑에는 붓글씨 연습을 위한 신문지가 쌓여 있어 늘 쿰쿰한 냄새가 났다. 붓끝이 마지막으로 닿은 글씨의 촉 끝에는 아직 다 마르지 않은 붓 자국이 흐를 듯 말듯 위태롭게 맺혀 있었다. 괜찮게 쓴 글씨는 세로로 세워 둔 교과서들 위에 먹 자국을 말리려고 위태로이 펼쳐져 있었다. 만족스럽지 못한 글씨인지 어떤 신문지들은 구겨진 채로 이곳

저곳에 흩어져 있었다. 먹에서는 시큼한 냄새가 났다. 돌이켜 생각해 보면 선생님이 자리에서 그토록 휘날리신 붓글씨는 책 표지에 넣을 가장 완벽한 제목자를 만들기 위한 작업이었던 듯하다.

　그 자리가 그토록 인상적으로 기억에 남은 까닭은 학년 말 y와 앉아 보냈던 시간이 있어서다. 학년이 마무리되는 시점에 선생님은 아이들에게 각자 생활기록부 교사 입력란에 기록되었으면 하는 말을 써 오라고 하셨다. 반 아이들에 대한 담임 선생님의 최종 평가와도 같은 칸이었다. 절대 건드릴 수 없는 선생님들의 권위와도 같은 최종 평가를 학생들에게 스스로 써 오라는, 그마저도 선생님다웠다.

　컴퓨터에 서툰 선생님을 대신해 y와 나는 반 친구들이 적어 온 내용을 생활기록부에 입력하는 일을 했다. 의자를 당겨 앉으면 한 자리 꽉 차는 그 자리에, 자주색 교복을 입은 y와 내가 바짝 붙어서는 몇 번이고 자세를 고쳐 앉던 생각이 난다. 시험도 진도도 모두 마치고 자율 학습이 남은 시기에 우리는 교무실 가장 구석 자리 선생님의 자리에 앉아서 생활기록부를 적었다. 앞자리의 선생님이 배고프지 않냐며 선생님들의 저녁 야식

으로 남은 족발을 건네주신 걸 조금씩 먹으면서 타자를 두드렸다. 두 사람만이 가진 단출한 기억들이 단짝을 만들어 내지 않았나 싶다. 10년이 지난 일인데도 그때의 기억을 말할 때 y와 나는 아직도 그 자리에 앉아 있는 듯이 깔깔거리며 웃는다.

4.

학년이 바뀌면서 교실이 점점 위층으로 올라갔다. 언제나 1층 교무실 아니면 학생지도부실에 계시던 선생님과도 자리가 서서히 멀어졌다. 그럼에도 여전히 나는 선생님이 자주 찾는 애제자였다. 방과 후 수업이 끝날 때면 '교무실 들려라.'는 선생님의 문자가 와 있었다. 특수 기호도 없고 대개 띄어쓰기만이 겨우 담긴 문자들이었다. 찾아오지도 않는 제자 녀석을 먼저 보자고 하시던 선생님이었다.

선생님과 나는 저 멀리 복도 끝에서 서로를 발견할 때면 말 없는 하이파이브를 하고 지나쳤다. 입술 사이로 앞니를 내밀고 슬쩍 웃으면서. 잘하고 있지, 네 그럼요— 하는 암묵적인 안부 인사였다.

언젠가 고등학교 2학년 때 담임 선생님은 그러셨다. 이번에 1학기 회장 된 내가 궁금해서 우리 선생님한테 물으러 갔다고. 이번에 회장 된 애요. 선생님 반 아이였다는데요. 어떤 애에요. 그러자 우리 선생님은 그저 말없이 조용히 엄지를 치켜세워 주었다고 한다. 말 없는 엄지가 모든 걸 말해 주더라고 그랬다. 성적이 잘 나오든 나오지 않든 새로운 선생님들과 잘 지내든 조금의 트러블이 있든, 믿는 구석 하나 있으면 세상 살기가 두렵지 않은 법이다. 선생님은 학교생활을 잘하고 있다는 확신을 주는 나의 믿는 구석이었다.

시간이 흘러, 수험생의 대명사와도 같은 고3이 되었다. 모든 시나리오를 국어국문학과 진학을 위한 방향으로 짜며 자기소개서에 매달렸다. 지금은 입시에 실패한 원인이 부정할 수 없이 모자란 성적임을 안다. 하지만 안정권이라 파악했던 학교에서까지 불합격 통보를 연달아 받았을 때 행운이 열외처럼 따라 주지 않음에 좌절했다. 그리고 3학년 담임 선생님을 작전 실패를 주모한 지략가 보듯이 했다.

지망하던 학교와 학과에 못 갈 바엔 취업이 잘된다는 학과에라도 가야겠다는 마지막 자존심이자 옹고집이 있었나 보다.

끔찍했던 고3 생활을 다시 겪기란 고려 사항에 넣을 생각도 없도록 싫었다. 무엇보다 입시에 마침표를 찍고서 맛볼 수 있는 해방의 과육이 당장 필요했다. 수능 시험까지 마쳤을 땐 결국 최선의 선택지였던 학교에서 가장 높은 성적 기준을 요하는 경영학과에 지원했다.

찾아가지 않을 만큼 달가운 소식 없이 지내고 있자, 선생님이 먼저 나를 부르셨다. 나은 생각을 하기가 쉽지 않도록 암울한 표정으로 근황을 전했다. 선생님은 잘 풀리지 않은 누군가의 일을 곁에서 내다보는 착잡한 목소리로, 혹은 단순한 진리를 아직 터득하지 못한 이에게 호소하는 듯한 갑갑한 목소리로 말하셨다.

"괜찮다. 된다. 물 흘러가는 대로 살면 된다."

대학에 입학했지만 언제나 부끄러움이 따랐다. 입시 경쟁에서 만족스러운 성취를 입증하지 못했다는 패배감이 아니었다. 진정 좋아하는 바를 알고도 스스로를 외면하고 있다는 부끄러움이었다. 전공과목인 회계 원리 수업이 아닌 국어과의 교양 수업을 들을 때 회로가 트이듯 정신이 또렷하다는 걸 알았다. 늘상 행로가 틀어져 있다는 느낌을 지고 지냈다. 원래 바라던

모습대로 현재를 다시 돌려놓아야 한다는 의무감을 둔감하게 만드는 데 힘쓰느라, 갓 성인이 된 스무 살에 주어지는 구속 없음을 확인하느라 정신없이 보냈다.

5.

작별은 사람에게 그럴싸해질 만한 기회를 주지 않는다. 작별의 특성을 나열하자면 이렇다. 흐지부지함. 준비성 부족. 맞닥뜨림. 재회 가능성 불확실. 다시 만날 때까지 감정 보증 기한 전무.

마지막을 인지한다면 작별답지 않을 것이다. 그 사이 거북한 마음으로 모교도 찾아가지 못했다. 졸업해도 꼭 와야 한다던 선생님의 은퇴식조차 가지 못했다. '선생님 건강이 안 좋으시다고 들었어요.' 스승의 날 보낸 문자에 답장은 없었다. 선생님이 화나셨다고 생각했다. 그러던 중 선생님의 장례식장을 알리는 문자가 왔다. 스무 살의 봄이 끝나 가던 즈음이었다.

우리는 조문하는 법도 잘 모르는 조무래기였다.

어떻게 절하는 건지 알아?

장례식장에 가기 전 우리들의 제일가는 걱정거리는 그랬다. 차려야 하는 구차한 현실이 있었다. 그때는 기억이 잘 안 난다. 깊은 생각도 없다. 단순한 몇 가지 인상들이 스칠 뿐이다. 선생님이구나. 선생님이 정말로 돌아가셨구나. 선생님 가족들이구나. 선생님 정말로 많이 아프셨구나. 그러면서 앞사람 하는 모양을 눈으로 좇고 있다가 우리는 줄 맞추어 섰다. 그리고 누군가의 움직임에 따라 자리에서 엎드렸을 때 와앙— 하고 다 같이 순수한 울음을 터트렸다. 엎드려 있는 품 안에서 울음소리를 내면서도 팔뚝 사이사이로 친구들을 보며 다시 일어설 타이밍을 지켜보았던 기억이 난다.

스무 살을 갓 넘겨 장례식장에 찾아온 터라 몇몇 친구들은 조문객답지 않은 매무새를 하고서 와 있었다. 장례식장 자리를 한가득 차지하고 있으면서 우리는 어리바리하여 음식도 스스로 챙겨 먹지 못했다. 선생님이 돌아가셨는데. 근사한 추모를 만들지 못하는 엉성한 모양새들이 짜증이 나서 신경을 부렸다. 와중에 선생님이 먹게 해 주신 육개장은 더없이 맛있었다. 팔을 뒤로 한 채 배를 두드리고 있을 때 선생님의 목소리가 들렸다. 와 배를 두드리노? 나는 정말로 허공에 말할 뻔했다. 선생님, 육개장이 너무 맛있어요.

장례식장에서 마주친 3학년 때 담임 선생님은 오랜만의 안부를 물으면서 반수를 해 보지 않겠느냐고 내게 제안하셨다. 당시에는 다시 입시를 치르는 게 불운한 자들이 재도전에 근사한 이름을 붙일 뿐 번복을 하는 불명예라 생각했다. 이런 자리에서까지 회유하려는 심정을 몰라봤다. 더구나 사람이 죽은 자리에서 반수 얘기를 하는 것이 그저 껄끄럽고 불쾌했다. 하지만 선생님의 장례식이 아니었다면 찾아가지도 않았을 학교와 뵈러 가지도 않았을 3학년 담임 선생님을 다시 만난 후로 계속 다시 해 볼까, 생각이 났다. 선생님이 하고 싶은 공부를 다시 하라고 기회를 마련해 준 느낌이었다.

　그날을 계기로 국어국문학과를 가기 위해 휴학계를 내고 반수 준비를 했다. 다시 찾아간 학교에서 선생님들은 한 번 더 해 보겠다는 애를 되는대로 도와주었다. 요번에도 죽 쑤면 반수를 시도한 자의 오명을 쓰고 돌아갈 곳도 없다는 마음가짐. 그리고 무엇보다 이번에는 뭘 해도 원하는 대로 될 거라는 미신적인 자신감 같은 게 있었다.

6.

국어국문학과에 온 후 학점은 생각보다 괜찮았고, 복수 전공과 교직 이수의 갈림길에 서 있을 때 교사로 가는 길을 선택했다. 일어나는 일에 이름 붙이기를 좋아하는 내게는 교사가 되기를 선택하는 것이 되돌아와야만 했던 운명이 보내는 당부이자 당연한 수순 같았다. 화창한 4월, 이제는 선생님이 없는 모교에 가서 교생 실습을 하기도 했다. 시간만이 바뀌었을 뿐 모든 것이 그대로인 그곳에는 자주색 교복을 뒤이어 입고 복도를 뛰어다니는 생기 어린 아이들이 있었다. 무척이나 교복이 잘 어울리고, 사랑을 주고 싶도록 눈빛을 초롱이는 아이들이 있었다. 그리고 선생님의 붓과 벼루가 아무렇게나 놓여 있던 자리를 지켜보았다. 돌아간다면 등 토닥여 어르고 싶은 그 시절의 우리들도 보였다. 하지만 자격시험을 철저히 준비하고 어느 티오에 지원을 할 것인가 현실적인 문제에 대처하기 이전에 이따위 감상부터 따지고 있는 것부터 교사가 되기에는 자격이 글렀었는지도 모르겠다.

교사가 되겠다고 수험 생활을 잠깐 동안 자처했을 때 알았다. 오래전 그날, 열아홉 살 아이가 선생님의 자리 옆 동그란 상담용 의자에 앉아 털어 냈던 입시의 무게는 이후 마주친 어려움들에 비하면 우스꽝스러울 만치 하찮은 문턱에 지나지 않았다. 그저 복제인간처럼 똑같은 누군가가 옆에 앉아 오늘의 나와 같은 부분에 밑줄을 치고, 동시에 책장을 넘기고, 나란히 공부를 했으면 하는 수험 생활이 있었다.

새 계절이 느껴지는 건 나뭇가지에 새파란 싹눈이 돋아나서도 아니고 옷차림이 야트막해져서도 아니었다. 봄은 발끝에서부터 왔다. 수험생의 생활은 그랬다. 발끝. 앉아 있는 책상 벽에 매일 부딪히는 발가락 말단이 바로 전날처럼 시리지 않을 때 봄은 왔다. 그럴 때 물 흘러가는 대로 살면 된다던 선생님의 말을 떠올렸다. 시냇물이 흐르다가 얼다가 녹기도 하고, 곧바로 흐르지 않고 굴곡을 이루고 가더라도 결국 다 바다에 이른다고 부연하던 표정을 떠올렸다.

돌고 돌아 지금은 주위를 아무리 둘러봐도 책뿐인 일을 하고 있다. 가끔은 글을 쓰고 돈을 벌기도 한다. 책이 지긋지긋하다고 농담처럼 말하면서도 도무지 질리지 않는 걸 보면 글 나부랭이가 아직은 여전한 흥밋거리인가 보다. 속사정을 다 알고 있던 선생님이 연락 없던 제자 녀석을 장례식장으로 짓궂게 부르셨을까.

처음과 끝이 모두 있던 어느 봄의 맺음을 떠올린다. 작별이 다시 가져온 새로운 봄도, 그 이후 이어졌던 봄에 대해서도 생각한다. 노교사라기엔 억울하도록 창창한 나이였던 선생님을 늙은 선생님이라 함부로 부르며 한참 적다 보니 선생님이 보고 싶다. 당분간은 안부를 제때 물은 사람의 마음으로 선생님을 떠올릴 수 있겠다.

기억을 담는 나만의 방법 찾기

작년 새해 목표 중 하나에는 이런 말이 적혀 있었다.

'제때 행복함 즐기기.'

언제나 행복하다는 기분에 앞서 곧잘 걱정이 섞여 드는 고질적인 성격 좀 고쳐 보자는 다짐이었다. 행복하다는 기분이 들때면 벼랑 끝에 서 있는 듯한 느낌이 든다. 꼭대기에 올라서서는 그제야 세상을 관조할 여유가 생기기도 한다. 하지만 한 걸음만 더 내디뎠다가는 이제 망각이라는 시간과의 싸움에서 추락할 일만이 남아 보인다. 때로는 실바람에 섞여 불어오는 가느다란 향기가 흩어지지 않도록 시리게 감별하며 맡고 있는 기분이다. 소중한 기억은 감각기관에 아무리 힘을 잔뜩 주어도 도무지 의지로 꽉 붙들어 맬 수가 없다. 때로는 줄꾼이 되어 기억의 외줄이 끊어지지 않도록 찌걱찌걱 밟아 간다.

실제로는 낭떠러지에 서 본 적도 허공 위의 동아줄을 밟아 본 적도 없지만 두렵다는 마음은 육감으로 알아서 어쩐지 행복이 극치에 다를수록 이 일들을 매번 선연히 당사자가 되어 겪는 기분이다. 이 기분은 행복의 검열자가 되어 기준을 들이밀며 정도의 타당함이나 알맞음을 판단하는 것이 아니고, 영속성을 의심하는 불안감 섞인 반문이다. 그리고 이 질문에는 언제나 꼬리를 내리고서 순순히 대답하고야 만다. 아직 읽어 보지도 못한 어느 책의 제목을 떠올리면서. '당신들은 이렇게 시간 전쟁에서 패배한다.'

올봄에는 기억을 남기는 근사한 방식을 고안해 냈다. 거창하게 들릴 테지만, 처음으로 제가 모은 돈으로 카메라를 산 일이다. 신형철 평론가는 '살아 보지 않은 삶을 꿰뚫어 보는 게 인생의 천재'라고 했다. 인생의 천재라면 후회가 들지 않도록 그저 최선의 사랑을 건넬 텐데. 하지만 살아 보지 않은 삶을 꿰뚫을 천재의 능력이 없는 이는 어떡하나. 시간이라는 절대자의 무릎 아래에서 귀인(貴人)들에게 나는 언제나 무심하고 둔하며 쉽게 흥분하고 또 가라앉을 뿐이다.

뒤늦은 미련이 반복되고 나서야 기술의 힘으로나마 시간을 멈추어 기억을 담으려 한다. 현상이 유지되길 바라는 사람은 시간에 더없는 약자다. 사진을 몇 번이고 곱씹고 또다시 들여다보면서 시간을 섬기는 법을 배우고 있다. 서툴게 카메라 조리개를 조이고 풀면서 렌즈 너머의 당신을, 장면을 최대한 분명히 담는다. 기억과 싸우면서, 아니 시간과 싸우면서.

　내 곁에 있어 주라, 언제까지나, 어디까지나. 찰칵— 하는 기도의 음성을 남기면서.

❖

딴짓을 벌이며 느끼던 설렘.

머릿속 상상을 그림과 말풍선으로 풀어내며 키득대던 순간.

내 손으로 만들어 낸 만화 원고를 훑으며 뿌듯해하던 기억.

직접 내 손으로 짓고 허물 수 있는 세계를 처음으로 발견한,

그런 봄이었다.

그해, 봄의 톤

태지원

태지원

지식의 부스러기를 모아 글로 엮어 내는 걸 좋아하는 사람.
대학 졸업 후 사회 과목을 가르치는 교사로 10여 년간 근무했다.
결혼 후 남편을 따라 중동에서 생활하며 글쓰는 일을 시작했다.
『이 장면, 나만 불편한가요?』『타임라인 경제교실』 등
청소년 교양서를 집필해 왔다.
글쓰기 플랫폼에서 '유랑선생'이라는 필명으로 에세이를 쓰기도 한다.
앞으로도 오랫동안 글을 쓰고 싶다는 소망을 품고 있다.
봄에 자주 졸고, 자주 설렌다.

열일곱 되던 해 봄, 고등학교에 입학했다. 특별한 설렘이나 흥분은 없었다. 학교가 그렇게 재미있는 곳이라고 생각해 본 적이 없었으니. 어릴 때부터 스스로를 조숙하다고 생각하는 아이였던 만큼, 학교는 조금 따분하고 유치한 곳이라 생각했다.

그렇지만 그해 봄엔 마음 한구석 호기심이 있었다. 여자 중학교에 다니다 인근의 남녀 공학에 진학했기 때문이다. 순정만화를 즐겨 보던 나는, 중학교 3년간 본 적 없던 이성의 존재에 호기심과 환상을 품고 있었다. 남자아이들은 어떻게 행동할까, 정말 드라마나 만화 속 주인공처럼 멋진 대사를 내뱉고, 근사한 행동을 보여 줄까 궁금했다.

그렇지만 교실의 같은 공간에서 남학생들과 며칠 생활해 보자 환상은 금세 깨져 버렸다. 관찰해 보니, 남학생들은 순정 만화 남자 주인공처럼 멋진 행동과 대사를 내뱉는 사람들이 아니었다. 나와 비슷한 인간이었다. 수업 시간에 졸고, 매점에서 빵을 더 빨리 사기 위해 뜀박질을 하고, 체육 시간에 피구 공이 날아오면 잽싸게 도망가는 그런 사람. 나 홀로 섣부른 착각과 환상을 품고 있었음을 깨달았다.

나의 설렘 여부와 상관없이 3월의 교정에는 흥분의 기운이 감돌았다. 들썩이는 분위기를 가져온 건 동아리의 신입생 모집이었다. 쉬는 시간이 돌아올 때마다 1학년 교실에는 한 무리의 2~3학년들이 자신의 부서를 소개하러 우르르 들어오곤 했다. 밴드부나 풍물부, RCY와 같은 동아리의 일원들이 자신의 부서를 홍보했다. 명랑해 보이는 선배들은 '뿌듯하고 즐거운 학교 생활을 할 수 있다.' '선배들이 정말 친절하게 잘해 준다.' 그런 몇 가지 장점을 내세웠다.

교실 구석에서 그 광경을 조용히 지켜보며 의아한 마음이 들었다. 보람차고 즐거운 학교생활? 동아리 활동 하나 한다고 그런 게 정말 가능한 걸까? 머릿속 질문을 이어 가면서도 손은 쉬지 않고 움직이고 있었다. 만화를 끄적거리고 있었으니까.

당시의 나는 만화 그리기를 즐기던 소녀였다. '잘' 그리는 아이라고 일컫기에는 재주가 부족한 감이 있었다. '즐겼다'는 말이 그때의 나에게 어울릴 만한 표현이었다. 인물을 그리고, 상상하고 그 안에서 노는 걸 즐겼다. 종이 위가 나의 놀이터였다.

매년 교실에는 중심 무리, 활달한 아이들이 있었다. 반 아이들이 주목하고 선생님들과 농담도 주고받는 아이들. 나는 그런 부류가 아니었다. 중심에서 늘 한 발 정도 떨어진 곳에 자리 잡고 있었다. 내 관심사는 친구들의 흥밋거리와 한 발짝 떨어져 있었다. 머릿속 상상을 흰 종이에 펼쳐 내며 노는 게 취미였다. 연필을 끄적거리며 노트 가득 사람 그림을 그리다 보면 수많은 인물들이 머릿속에서 튀어나와 노트를 가득 채웠다. 교실 한구석에 앉아서 이런저런 인물을 상상하며 그림을 그리는 게 나에겐 친구와의 대화, 놀이 같은 거였다.

솔직히 무리에 속해서 신나게 이야기를 나누는 아이들이 부러웠지만, 굳이 티 내지는 않았다. 어쩐지 자존심이 좀 상했으니까. 양극단의 마음이 내 안에서 떠돌곤 했다. 떠들썩한 무리에 끼어서 하루 종일 떠들고 싶지는 않았지만 그래도 가끔은 다수에게 주목받고픈 마음이 불쑥 튀어나왔다.

그런 내가 주목받는 순간은, 만화를 그리는 때였다. 쉬는 시간에 그림을 그리면 누군가가 곁에 다가와서 말을 걸며 무슨 그림인지 궁금해하는 기색을 보였다. 내 그림을 칭찬해 주기도 했다. 내 세계를 수줍게 드러내 보이며 주목받을 수 있는 시간이었다.

✳

그 3월의 어느 날 한 무리의 새로운 선배들이 또다시 교실로 들어왔다. 인상착의를 대강 훑었다. 모범생 무리인 건가. 나처럼 안경 낀 사람이 많았다. 바지폭이 좁지도 치마 길이가 너무 길거나 짧지도 않았다. 그 무리는 스스로를 '만화 동아리'라고 소개했다. 학교의 허가를 받은 정식 부서는 아니지만 꾸준히 모임을 가진다는 말도 덧붙였다. 다가오는 토요일 방과 후, 2학년의 한 교실에서 면접을 볼 거라는 이야기도 이어졌다. (아주 오래된 얘기지만, 당시엔 토요일 등교라는 걸 하고 있었다.)

만화부라는 이름에 솔깃했지만, 마음 한편으로는 불안했다. 이름도 없고 허가도 안 된 곳에 들어가는 게 맞나. 동아리에 들어가면 선배들과도 어울려야 하는데. 새로운 무리에 적응하고 관계에 익숙해질 수 있을까. 솔직히 두렵기도 했다.

에잇, 그래도 한번 시도해 보자. 만화 좋아하는 사람들과 관심사를 나눌 수 있다면 학교생활의 지루함이 좀 덜어질 것 같았다.

그렇게 마음을 먹고 며칠이 지나 토요일 오후, 만화 동아리 면접이 있을 거라는 2학년 교실에 찾아갔다. 중학교 때부터 함께 다니던 친구, 옆 반의 희영이를 꼬드겨 함께 갔다. 대기하는 교실과 선배들 앞에서 면접을 보는 교실이 나란히 있었다. 나와 함께 면접을 보기 위해 모여든 1학년 아이들을 흘깃흘깃 봤다. 매년 각 반에 한두 명씩 있는 아이들이었다. 교실 한구석에서 부지런히 연필을 움직이며 만화를 그리는 아이들. 이처럼 조용하고 내향적인 사람들이 한자리에 옹기종기 모여 있는 풍경이, 조금 신기하게 느껴졌다. 오전 수업만 있는 토요일 방과 후 학교에 늦게까지 남아 있다는 사실도 새롭게 다가왔다.

흥미로운 대기 시간에 비해, 면접은 의외로 시시하게 끝났다. 질문도 평범했다. 선배들 서너 명이 둘러앉아서, 왜 이 만화부에 들어오고 싶은지 물었다. 어떤 만화를 좋아하는지, 앞으로 만화 동아리에서 어떤 만화를 그리고 싶은지도 물어봤다.

대부분의 1학년에게 비슷한 질문을 던졌을 거라는 생각이 들었다.

며칠 후 한 선배가 점심시간에 우리 교실에 왔다. 만화 『캔디 캔디』 속 테리우스처럼 셔츠 깃을 세우고 반항아처럼 귀에 이어폰을 끼고 있지만, 어딘지 모르게 모범생의 용모를 숨길 수 없는, 안경 낀 선배였다. 선배는 나를 부르고는 "만화 동아리에 합격했으니 점심시간에 모임에 참여해."라고 말했다.

당장에 옆 반에 달려가 보았다. 희영이는 그런 얘기를 건네 듣지 못했다고 말했다. 나중에 알고 보니 정식 부서가 아니라 존속이 어찌 될지 모르는 학교의 '불법 서클'인 관계로, 만화 동아리에서는 신입생을 단 두 명만 뽑았다. 나와 함께 동아리 부원이 된 유일한 1학년은 옆 반의 준수라는 남자아이였다. 얇은 목소리에 섬세한 성격을 가진 친구였다. 준수와 친해지는 데에는 시간이 오래 걸리지 않았다. 신입생의 단합을 신경 쓴 선배들이 우리 둘을 줄곧 한 팀으로 묶어 주었기에 붙어 다녀야 했고, 반말을 마음껏 쓸 수 있는 유일한 동아리 친구였기 때문이다.

＊

　동아리는 일주일에 두 번, 점심시간마다 모임을 가졌다. 평
상시의 모임에는 중요한 이야기를 나누지 않고 시시껄렁한 일
상 얘기를 나눴다. 그렇지만 토요일 방과 후 수업 때는 달랐다.
실제 만화 그리기 수업 같은 걸 했다. 선배들이 후배들을 붙잡
고 그림을 가르쳐 줬다.

　나로서는 그림 그리는 방법을 조금이나마 배울 수 있는 기
회였다. 디자인과 입시를 준비하는 3학년 선배가 인체 비례에
맞춰 그림을 그리는 방법을 알려 주기도 했다. 이전까지 나는
'대갈치기'라 불리는, 얼굴 컷만 그리는 방식으로 만화를 주로
그리곤 했다. 하지만 선배들의 수업 덕분에 사람의 몸을 나름
대로 인체 비례에 맞게 그리는 방법을 익힐 수 있었다.

　가끔은 동아리 부원이 모두 다 함께 종로의 영풍문고나 교
보문고 안에 있는 문구용품점에 가서 만화 도구를 사기도 했
다. 지금이야 디지털 기술로 만화도 그리고 채색도, 말풍선에
대사 넣기도 가능하지만, 당시는 1990년대 말이었다. 아직 디
지털의 전성시대가 오지 않은 시절이었다. 네모난 만화 컷의
큰 틀이 그려진 만화용 원고지, 만화용 펜과 잉크를 사서 그림

을 그리는 게 일반적인 방법이었다. 스크린톤이라는 종이도 샀다. 배경이나 인물들의 옷 무늬를 넣는 데 쓰이는, 패턴이 그려진 투명 스티커 같은 물건이었다. 얇은 A4 크기 한 장에 몇천 원 하는 비싼 스티커였지만 만화를 제대로 그린다면 꼭 필요한 용품이었다.

아날로그로 만화를 그리는 과정은 조용하고 느릿했다. 먼저 연필로 밑그림을 그린다. 만화용 잉크를 묻힌 펜을 조심스레 움직이며 밑그림을 따라 펜 선을 긋는다. 이때 펜을 쥐는 힘에 강약을 잘 조절하며 세밀하게 그림을 그려야 한다. 말풍선에 집어넣을 대사와 내레이션을 쓰거나 워드로 친 대사를 오려 붙인다. 그다음 단계가 스크린톤 작업이었다. 인물의 옷 모양, 작은 건물의 모양 등에 맞추어서 스크린톤을 오려 내고 조심조심 원고지 위에 붙여야 했다. 조심성과 인내가 필요한 과정이었다.

그 느릿하고 세밀한 과정을 통해 한 가지 사실을 깨달았다. 나는 손놀림이 섬세한 아이가 아니었다. 펜 선은 자주 어긋났고 강약 조절이 어려웠다. 톤을 붙인 자리도 어딘가 엉성해 보였다. 오랜 짐작대로 나는 만화를 잘 그리는 아이가 아니었다.

그러나 한 가지 사실만은 분명했다. 나는 이야기를 펼쳐 내는 데 관심이 많았다. 만화의 스토리를 상상하는 건 흥미로운 일이었다. 먼 옛날 중세 유럽을 배경으로 권력 싸움에 희생되어 성에 갇힌 공주라던가, 첫사랑을 잊지 못해 방황하는 남자를 등장인물로 세워, 머릿속으로 이야기를 엮거나 상상해 보는 게 즐거웠다. 발 딛고 서 있는 현실 세계 바깥 어딘가에 재미있는 세계가 있다고 상상하면 흥분이 되었다.

하지만 내가 만든 이야기 속 극적이고 근사한 삶을 사는 인물들과 현실의 나는 달랐다. 머뭇거리고 서툰 일상을 보냈다. 심지어 적응력도 느렸다. 만화 동아리에서 같은 관심사를 지닌 사람들을 만났지만 가끔은 잘 섞이지 못한다는 느낌이 들었다. 당시 선배들이나 같은 신입 부원인 준수의 경우 〈공각기동대〉나 〈에반게리온〉 〈붉은 돼지〉 등의 일본 명작 애니메이션을 몇 번씩 보고 스토리를 꿰뚫고 있는 상태였고, 그런 만화에 대한 대화를 자주 나눴다. 이전까지의 나는 주로 순정 만화를 좋아했었고, 그런 만화들을 보지 못한 상태였다. 처음에는 대화의 흐름을 따라가는 데 어려움을 겪었다.

동아리에 제대로 섞이지 못하는 것 같다는, 애매모호한 마음이 떠돌았다. 붕 뜬 마음은 모임 결석으로 이어졌다. 적응을 못한 내가 탈퇴를 할까 봐 선배들이 걱정하기도 했다. 결국 나는 만화부 모임에 꾸준히 나가기보다 근근이 버티는 사람이 되었다.

*

안 그래도 적응력이 느렸던 나를 더 어색하게 만든 사건도 있었다. 그 봄이 지나가고 초여름에 접어드는 언저리였던가. 준수가 나에게 좋아한다는 고백을 했다. 머뭇머뭇하다가 거절했다. 어쩐지 어색한 느낌이 들었고 그 이후에는 동아리에 나가는 일이 좀 더 어색하게 느껴졌다. 다행히 나의 어색함을 눈치챘는지 준수가 '신경 쓰지 않아도 괜찮다.'고 편지를 써 줬다. 되도록 날 배려하며 말을 걸어 주었고, 선배들과도 무난한 대화를 나눌 수 있게 도와주었다.

그렇게 시간이 조금씩 지나고 가을에 이르자, 나도 이 동아리에 제대로 적응을 해 가기 시작했다. 겨울쯤 되었을 땐 동아리 모임에 나가도 어색함 없이 어울리는 사람이 되었다.

한 해가 성큼 지나가고 2학년의 첫 학기, 새로운 봄이 다가왔다. 작년과 같이 별다른 변화 없이 동아리를 계속할 거라 예상하며 모임에 나갔다. 2학년이 된 후 첫 모임이었다.

편안한 모임이 될 거라는 내 예상을 깨고 이제 고3이 된, 동아리 부장이던 여자 선배가 입을 뗴었다. 심각한 표정이었다.

"이번 연도부터 정식 동아리가 아니면, 학교 안에서 모임을 함부로 못 하게 한대. 학교 동아리 담당 선생님 말씀이야."

청천벽력과 같은 말이었다. 일주일에 고작 몇 번 하던 모임도, 토요일 방과 후 만화 배우기도 어려워지는 걸까? 선배는 뜻밖의 이야기를 덧붙였다.

"아예 이번에 정식 동아리로 등록을 해 보면 어떨까? 담당 선생님도 생길 테니 만화부 활동이 안정될 거야."

선배의 말에 끄덕거렸지만 머릿속에 고민이 떠돌았다. 정식 동아리가 되려면 이런저런 복잡한 절차가 필요한 거 아닐까? 직접 교무실을 돌아다니며 동아리 선생님도 구해야 하는 거 아닐까?

무엇보다 이제 고3이 되어 입시 준비를 해야 하는 선배들이 만화부의 주축이 되기는 어려웠다. 2학년 부장이 필요했다. 기존 부원들의 투표를 거쳐 2학년 중에서 부장을 뽑는 게 당시의 일반적인 절차였다. 그해 동아리 부장 후보는 단둘, 나와 준수가 전부였다. 작년 신입생이 둘뿐이었으니까. 우리 둘 다 전형적인 내향인이었고, 앞에서 남을 이끄는 것보다 그저 따라가는 걸 좋아하는 스타일이었다. 그렇지만 별수 없었다. 선택지는 둘뿐이었다. 그나마 준수보다는 내가 더 이끄는 역할에 적합해 보였는지, 고민 끝에 선배들은 나를 뽑았다.

어쩌다 보니 새로운 봄, 새롭게 시작하는 동아리의 부장이 되었다. 어쩐지 두려웠지만 거절할 용기도 없었다.

동아리의 이름을 짓는 과정도 필요했다. 각자 자신이 생각하는 동아리명을 후보로 내놓았다. 애니메이션을 좋아하는 그룹이니 거기에서 모티브를 얻어 '애니마(anima)'라는 이름을 붙이자는 의견도 있었고, 스크린톤을 붙여야 그림을 그릴 수 있으니, '스크린톤'이라는 이름을 붙이자는 사람도 있었다. 그렇고 그런 후보군의 이름을 두고 번갈아 고민하다, 결국 '톤(tone)'이라는 이름으로 새로운 동아리의 이름을 결정지었다. 스크린톤에서 따온 단어였지만, 분위기나 색조를 의미하는 이름이기도 했다. 꽤 그럴듯하게 느껴졌다.

새로운 부원을 뽑는 과정도 이어졌다. 나 역시 작년의 선배들처럼 면접 자리에 앉아 신입생들의 면접 점수를 매겼다. 2학년 부원들을 더 영입하기도 했다. 이전 해에 나와 함께 면접을 봤던 희영이와 함께, 서너 명 정도의 새로운 부원이 들어왔다. 나름대로 야심 찬 출발이었다.

*

　수많은 변화의 순간이 지나고 새로운 임무가 찾아왔다. 만화부의 '동인지'를 만드는 일이었다. 이 일을 처음 해 본 나는 이 과정을 어떻게 도맡아 해야 할지 몰라 눈앞이 깜깜했다. 망설이고 있을 때, 구원군처럼 3학년인 선배 한 명이 나타났다. 선배는 동인지를 만드는 대략의 절차를 알려 줬고 그 외의 과정에 대해서도 상세하게 안내해 줬다.

　먼저 한 명당 5~10페이지 정도 되는 부원들의 만화 원고를 모은다. 순서를 조정하고 필요한 부분을 수정한다. 표지 그림을 직접 그리고, 말풍선을 제대로 붙였는지 조정하는 게 그다음 과정이었다.

　무엇보다 동인지 책자를 만들기 위해서는 제본 과정을 거쳐야 했다. 날 도와준 선배와 영등포 근처의 인쇄소와 제본소가 많은 거리를 돌아다녔다. 인쇄 단가가 얼마나 되는지 알아보고 가장 적당한 업체를 찾아 맡겼다. 며칠 후 산뜻한 연두색 표지의 책자가 탄생했다.

우리의 작은 활동을 기념하기 위한 책자였지만 80부나 찍어 낸 만큼 부원들에게 나누어 주고 남은 여분을 판매해야 했다. 뜬금없이 길거리에 좌판을 벌여 놓고 동인지를 팔 수는 없었다. 부원들은 각자 뛰어다니며 아는 이들에게 판매와 영업을 하기로 했다.

동이라 부장인 만큼 나도 적극적으로 임무에 응했다. 평소의 나는 친구에게 간단한 부탁을 하거나, 선생님에게 모르는 문제를 들고 가 질문을 하는 것에도 고민하고 머뭇거리는 성격이었다. 판매나 영업 같은 건 내 성향에 머나먼 일이었다.

그렇지만 좋아하는 일이라 그랬던 걸까. 부장이라는 책임감이 있어서 그랬던 걸까. 의외로 서슴없이 행동하는 나를 발견했다. 친구들에게 달려가 뻔뻔하게 우리 부서의 동인지를 사라고 권유했다. 거절도 많이 당했지만 창피하지 않았다. 평소 우리 얘기를 잘 들어 주시던 담임 선생님, 수학 선생님께 달려가 "저희 동아리에서 만화책을 만들었는데, 천 원밖에 안 해요!" 라고 외쳤다. 교실 한구석에서 조용하던 아이가 갑작스레 다가와 영업을 하자 선생님들은 놀라는 눈치였다. 그렇지만 반가운 기색으로 흔쾌히 책자를 구입해 주었다.

거창한 경험은 아니었다. 그렇지만 손으로 만질 수 있는 창작물을 직접 제작하고 판매까지 해 본 건 확실히 신선한 경험이었다. 그전의 나는 어떤 일에 맹렬히 뛰기보다 주변을 서성이고 소극적으로 굴던 아이였다. 그러나 그때의 경험으로 깨달았다. 나도 좋아하는 일에 적극적으로 뛰어들어 무언가를 즐길 수 있는 사람이라는 걸.

✳

그렇게 분주하게 열일곱과 열여덟의 봄이 지나갔다. 당시의 기억은 이제는 까마득한 것들이 되었다. 몇 개의 장면만 머릿속 깊숙한 곳에 남아 있다. 부원들과 새로운 딴짓을 벌이며 느끼던 설렘. 머릿속 상상을 그림과 말풍선으로 풀어내며 키득대던 순간. 내 손으로 만들어 낸 만화 원고를 훑으며 뿌듯해하던 기억.

직접 내 손으로 짓고 허물 수 있는 세계를 처음으로 발견한, 그런 봄이었다.

세상의 이야기를 활자로 펼쳐 내기

만화 동아리의 추억과 고등학교 시절을 뒤로하고, 저는 한 사범대학교의 사회 교육과에 진학했습니다. 어른들의 권유와 점수에 맞춰 그럭저럭 택한 전공이었어요. 대학에 진학하고 나서 혹시 그곳에 만화 동아리가 있을까 두리번거렸지만, 그 학교에는 존재하지 않더라고요. 대학에 진학하면서 교사가 되기 위한 공부를 하고, 친구들과 어울려 놀면서 만화를 그리는 일도 점차 멈추게 되었습니다. 만화 원고지나 잉크, 스크린톤을 사는 일도 동시에 중단했지요. 그해 봄, '톤'이라는 만화 동아리에서의 기억은 오랫동안 기억 먼 곳의 일이 되었어요.

대학에 가면서 관심사에도 변화가 왔습니다. 주로 사람의 이야기가 담긴 문학이나 역사를 좋아했던 저는 조금은 다른 분야를 공부하게 되었어요. 경제나 정치, 통계학 같은 과목을 전공 과목으로 배웠습니다. 개인의 이야기보다는 세상이 돌아가는 구조, 사회에 나타나는 문제점 같은 걸 먼저 살펴봐야 했어요.

처음에는 전공 공부가 낯설고 멀게 느껴졌지만, 시간이 흐르면서 깨달았습니다. 인간의 이야기는 결국엔 세상 전체의 이야기와 맞닿아 있단 걸, 다행히도 모든 이야기는 연결될 수 있다는 걸 알게 되었습니다. 그래서 저는 사회를 가르치고 이야기하는 사람, 세상에 존재하는 여러 가지 이야기를 연결해 활자로 펼쳐 내는 사람이 되었어요.

가끔 '길모퉁이'라는 단어를 떠올려 봅니다. 루시모드 몽고메리의 『빨강 머리 앤』의 마지막, 앤은 시력이 약해져 가는 마릴라 아주머니를 위해 대학에 갈 기회와 장학금을 포기하고 고향에 이븐리의 교사가 되기로 결심해요. 학교를 졸업하고 장학금을 탈 때만 해도 생각지 못했던 길이었지요. 그렇지만 늘 좋은 곳을 바라보는 앤은 이 상황을 길모퉁이에 비유합니다. 길모퉁이에 이르면, 앞으로 빛과 어둠 무엇이 펼쳐질지 알 수 없어 그 나름의 매력이 있다고요. 새로운 풍경과 낯선 아름다움을 맞닥뜨리며 어떤 굽이 길과 언덕, 계곡을 걸어갈지 설레어합니다.

길지 않은 세월을 걸어왔지만, 저 역시 살면서 이따금 길모퉁이를 만났어요. 평소의 저답지 않게 만화 동아리를 이끄는 부장이 된 것, 고등학교 때까지 큰 관심사가 아니었던 사회를 가르치는 사람이 된 것, 글 쓰는 일을 시작하게 된 것. 그 모든 것들이 온전한 제 의지라기보다는 어쩌다 보니 길모퉁이에 서서 만난 일들이었지요.

이따금 길모퉁이를 만나고 높은 언덕이나 구불구불한 길을 걸으며 지치기도 했지만, 덕분에 새로운 저를 알게 되었어요. 이야기를 사랑하는 사람, 재미난 이야기의 힘을 믿는 사람, 내 이야기를 어딘가에 펼치고픈 사람을요. 새로운 원고를 시작할 때마다, 열일곱 해 되던 봄 네모난 원고지에 만화를 그릴 때 느끼던 설렘을 다시 만나기도 합니다.

활자든 그림이든 사진이든, 운동이나 선율이든, 그 무엇이라도 나만의 세계를 가진 사람이 있습니다. 재주가 뛰어나지 않더라도 자신만의 이야기를 품고 있는 사람이 있어요. 고단한 사춘기에 지쳐 있다면, 내 이야기와 세상을 찾아보는 건 어떨까요. 그런 사람에게는 봄의 설렘이 더욱 자주, 특별하게 찾아올 거라 믿거든요.

✦

'더 잘해야 해.' '더 나은 사람이 되어야 해.'
'그렇지 않으면 내게 소중한 것들을 잃어버리게 될 거야.'라며
스스로를 채찍질하다 보니 내가 이미 가진 것,
내가 좋아하는 것을 바라보는 일에는 자꾸 소홀해졌다.
아이러니하게도.

나는 그냥 나이기로 했다

김해리

김해리

다양한 영역을 넘나들며 문화기획자로 활동하고 있다.
낯설게 상상하고, 가능성의 씨앗을 뿌리는 일을 한다.
엉뚱한 싹을 틔우는 순간은 언제나 설렌다.

넌 꿈이 뭐니

그 시절 초등학교 앞에는 뭐가 많았다. 병아리들이 상자 안
에 바글바글 모여 삐악거리는 소리, 쉴 틈 없이 달고나 반죽을
붓고 모양을 찍어 내던 아저씨의 빠른 손놀림, 물결무늬가 새
겨진 동글납작한 초콜릿을 넣어 구운 붕어빵의 향기, 지나갈
때마다 '안녕' 하고 말을 걸어 주던 떡볶이 아줌마의 다정한 눈
웃음…… 이쪽저쪽 정신을 팔며 걷다 보면 시간이 한참 흐른
뒤에야 집에 도착하곤 했다.

그중에서도 유독 기억에 남는 장면이 하나 있다. 피에로다.
얼굴을 하얗게 칠하고 알록달록한 옷을 입고 있던, 키가 큰 피

에로. 도대체 왜 피에로가 학교 앞에 있었는지는 잘 모르겠다. 그러나 내게 했던 말만큼은 분명히 기억난다. 그는 아이들에게 부지런히 선물을 나누어 주고 있었고, 나도 그 틈바구니에서 손을 뻗었다. 피에로는 내 손에 간식을 건네려다 말고 갑자기 멈춰 섰다. 분장 너머 눈동자가 나를 똑바로 바라봤다.

"넌 꿈이 뭐니?"

선물만 받고 갈 생각이었는데, 뜻밖의 질문에 당황한 내 머릿속이 바쁘게 움직였다.

그리고 이렇게 대답했다.

"개…… 개그우먼요!"

개그우먼이라니? 내가 왜? 단 한 번 만난 피에로가 내 기억에 남아 있는 건, 얼떨결에 내뱉은 말에 스스로 놀랐기 때문일 거다. 그가 준 사탕을 입에 넣고 집으로 걸어가면서 초등학생은 혼란에 빠졌다. 그도 그럴 것이 나는 사람들 앞에 나서는 성격이 아니었기 때문이다. 친구들을 웃겨 본 경험도 없다! (수업 중에 손을 들고 '화장실에 가고 싶다'고 말하기가 어려워서 참다가 교실에서 실례를 한 적이 있을 정도로 부끄러움이 많은 아이였다.) 도대체 왜 개그우먼을 이야기한 거지? 아, 나한테 왜 그런 질문을 한 거야, 정말!

참 이상하지. 어른들은 아이들에게 왜 자꾸 "커서 뭐가 될래?"를 묻는 걸까. 어린이가 그걸 어떻게 알겠는가! 반쯤은 농담 삼아 묻는 것 같지만, 질문을 받는 입장에서는 나름 진지하다. '어떤 사람이 될지'를 자꾸 질문받다 보면 뭔가가 '되어야' 할 것 같은 생각이 들기 때문이다.

나도 계속해서 무언가가 '되기를' 꿈꾸었던 것 같다. 아직 국내에 출간되지 않은 『해리 포터』 신간을 영문으로 더듬더듬 읽어 나가던 날이면 번역가가 되고 싶었고, 'html'이라는 것을 배워 글자를 반짝이게도 하고 움직이게도 한 날에는 이미 천재 프로그래머가 된 것 같은 흥분을 감출 수 없었다. 그때의 '꿈 말하기'는 일종의 놀이 같은 것이기도 했다. 간호사, 시나리오 작가, 방송국 PD, 화가, 탐험가…… 아무튼 무언가 멋지고 그럴듯한 직업의 이름들을 읊으며 상상해 보는 것이다.

꿈을 말하는 게 어려워졌어

무엇이든 말해도 괜찮았던 날들이 흘러가니 점점 꿈을 말하는 것이 어려워졌다. "○○○가 될래요!"라고 말하면 다정하게 머리를 쓰다듬으며 칭찬해 주던 어른들도 이제는 "어떻게?"라며 엄격해졌다. 시험을 보고 난 어느 날, 선생님은 복도로 아이들을 한 명씩 불러냈다. 선생님의 손에 들려 있던 종이 뭉치에는 대학교의 이름들이 빼곡하게 적혀 있었다. 그는 손가락 끝으로 종이를 주욱, 그어 내려가다가 아래쪽의 이름 하나를 탁 짚어 내게 보여 주었다.

"네 점수로 갈 수 있는 대학은 이 정도 되겠다."

그때 나는 자연스레 알게 되었다.

'내가 뭔가를 하고 싶다고 해서 그냥 할 수 있는 게 아니구나.'

꿈도 성적표에 맞춰서 꾸어야 할 것 같았다.

우리들에게 '꿈'은 꽤나 큰 고민거리였다. 학교가 끝나면 놀이터 그네 위에서, 분식집에서, 편지 속에서, 서로에게 시시콜콜한 고민을 쏟아 내곤 했다.

"있잖아, 너는 글씨도 잘 쓰고 꾸미기도 잘하잖아. 광고 기획 같은 거, 하면 잘할 것 같아. 나는 잘 모르겠어…… 잘하는 게 없는 것 같아. 휴, 모르겠다."

"너야말로. 나는 네가 부러워. 너는 공부를 잘하잖아. 나는 아무리 해도 점수가 안 올라…… 에휴, 모르겠다."

그러다 어느 순간부터는 꿈이라는 것 자체가 재능 있는 친구들을 위한 사치처럼 느껴졌다. 왜, 그런 친구들 있지 않은가. 한 번만 들어도 피아노로 그 멜로디를 연주할 줄 알고, 똑같은 풍경을 보고도 유독 아름다운 그림으로 그려 내는 친구들. 어쩜 저렇지. 그런가 하면 일찌감치 '외고'랄지, '과고'랄지 이미 자기 길을 걷는 것 같은 친구들도 있었다. 와아아, 하고 박수를 치고 그들의 재능에 탄복하면서 한편으로는 나는 무얼 잘할까? 나는 어떤 사람이 될 수 있을까? 고민했다.

나는 정말 평범한 아이였고 특별히 잘하는 것도, 이렇다 할 재능도 없어 보였다. 공부라도 열심히 해야 했다. 어느덧 하고 싶은 것을 생각하는 것보다 내 점수로 갈 수 있는 대학을 찾는 것이 더 중요해졌다. 다른 것은 생각할 겨를도 없었다.

'나를 위해 고생하시는 부모님을 실망시키지 말자!'

굵은 펜으로 꾹꾹 눌러쓴 종이를 눈에 잘 보이는 곳에 붙여 두며 의지를 다졌다. 대학, 대학, 대학. 대학에 가지 않으면 인생이 망할 것 같았다.

언제부턴가 '꿈'이라는 단어가 싫어졌다. 뭔가를 꿈꾸는 게 무슨 의미가 있지? 어차피 내가 원하는 대로 되는 것도 아닌데, 하는 시니컬한 생각에 젖어 들었다. 꿈보다 중요한 게 생겼다. 대학에 가는 거. 성공하는 거. (성공이 뭔데?)

그러다 보니 자꾸 나의 부족한 점이 보였다. 수학도, 영어도, 논술도, 이대로는 부족했다. 나는 왜 이렇게 부족한 게 많을까? 감정을 표현하는 것도 서투르고, 무언가 해낼 것처럼 불타오르다가도 금방 게을러지고…… 나라는 사람은 생각하면 할수록 채워 넣어야 할 것투성이였다. 나의 부족함이 보이는 날엔 한없이 바닥으로 가라앉았다. '더 잘해야 해.' '더 나은 사람이 되어야 해.', '그렇지 않으면 내게 소중한 것들을 잃어버리게 될 거야.'라며 스스로를 채찍질하다 보니 내가 이미 가진 것, 내가 좋아하는 것을 바라보는 일에는 자꾸 소홀해졌다. 아이러니하게도.

돌이켜 보면 나는 나만의 독특한 점을 많이 가지고 있는 아이였다. 반듯하게 나 있는 길을 피해 굳이 수풀을 헤치며 나아가야 하는 꼬불꼬불한 길을 걷는 것을 좋아했고, 친구들의 생일날이면 앞장서서 이벤트를 기획하곤 했고, 스쳐 가는 감정을 예민하게 포착해 글을 쓰는 것을 좋아했다. 그러나 나는 나의 독특한 점을 알아봐 주지 않았다. 나만의 개성이나 특징이 두드러지는 순간을 두려워했던 것 같기도 하다.

"너는 생각이 참 많은 것 같아. 항상 비슷한 글들을 올리더라."

어느 날, 친구의 말에 SNS에 올려놓았던 글을 전부 다 지워 버렸다.

'생각이 많은 건 좀 이상해 보이나 봐.'

튀는 것이, 사람들의 입에 이러쿵저러쿵 오르내리는 것이 죽기보다 싫었다. 그땐 그랬다. 그렇게 '나다움'을 하나씩 누르고 덮는 연습을 했다. '남들처럼' 사는 게 맞다고 생각했다. 부모님을 속상하게 하지 않으려면, 대학도 가고 밥 벌어먹고 살려면, 그래야 한다고 믿었다. 꿈을 꾸지 않던 시절, 나의 시선은 '나'보다는 '남'에게 쏠려 있었다. 원하는 것을 배우러 훌쩍 떠난 사람, 좋아하는 것에 뛰어들어 전력을 다하는 사람, 자신이 좋아하는 것을 솔직하게 좋아하는 사람…… 그런 사람들을 자주 바라보았고, 또 자주 미워했다.

"현실도 생각 안 하고 플랜 B도 없고, 어떻게 저렇게 대책이 없어?"

자못 그들을 한심해하는 척, 냉랭하게 굴기도 했다.

뒤늦게 알았다. 그때의 내가 한심스러워했던 건 '나'였다는 것을. 용기가 없는 나를, 전력을 다하지 못하는 나를, 진짜 좋아하는 것이 뭔지도 모르고 정처 없이 헤매는 나를, 나는 미워했다. 사실 난 꿈을 꾸고 싶었던 것 같다. 무언가를 있는 힘껏 좋아하고, 현실 가능성보다는 내 마음을 따라가며, 그렇게 살기를 바랐던 것 같다. 남들처럼 살고 싶지 않았다. 나처럼 살고 싶었다. 내가 갖지 않은 것을 가진 사람을 바라보는 일을 그만두고 싶었다. 그렇지만 그 이상으로 두려웠다. 정말로 그럴까? 정말 내 모양대로 살아도 될까? 혹시 배부른 소리를 하고 있는 건 아닐까? 남들이 '쓸데없다'고 말하는 것을 계속해서 좋아해도 될까? 내가 가진 것이 정말 의미가 있을까? 어떡하지? 정말로 '망해 버리면' 어떡해?

나는 커서 내가 되었다

"누나가 지금 기획을 하고 있는 건 다 내 덕이야."

어느 날, 동생이 눈에 웃음을 머금고 말했다. 그의 주장에 따

르면, 어린 자신을 위한 놀이들을 고안하는 과정에서 저절로 기획 트레이닝을 하게 되었고, 그게 지금의 나를 만들었다는 것이다.

"무슨! 웃기시네."

받아치고 나서 생각해 보니 조금은 그런 것 같기도 했다. 성인이 된 지금이야 그런 생각이 들지 않지만 나에게 여섯 살 어린 동생은 언제나 돌봐 줘야 할 아기처럼 느껴졌다. 여섯 살 차이면 내가 열 살일 때 동생은 네 살, 내가 열아홉 살일 때 동생은 열세 살이었으니, 그럴 만도 하다.

"누나, 누나, 누나! 하늘이 세, 바다가 세?"

이런 게 대체 왜 궁금한 것인가. 하루 종일 누가 센지 질문을 받다 보면 애랑 나는 언제쯤 정상적인 대화를 할 수 있을지 궁금해지곤 했다. 부모님이 집을 비우실 때 이 꼬마와 놀아 주는 일은 온전히 내 몫이었다. 게다가 동생은 툭하면 외출한 엄마에게 전화를 걸어 "엄마, 어디야? 빨리 와아!"라며 울고 보채는 마마보이였기에, 동생의 관심을 돌릴 만한 각종 '놀잇거리'들을 구상해 내야 했다. 어디서 본 것, 경험한 것, 상상한 것들을 조합해서 그때그때 상황에 맞게 변형했다. 내가 만들어 낸 놀이들은 이런 것들이었다.

- 연극 하기: 글을 읽을 줄 모르는 동생을 위해 내가 읽은 책의 이야기를 각색해서 일인다역을 한다. 이때 2층 침대가 객석이 되고, 바닥은 무대가 된다. 주로 해적 이야기, 모험 이야기가 반응이 좋다.

- 청룡열차 놀이: 동생의 눈을 가리고 바퀴 달린 의자에 태운 후 놀이 기구를 타는 것처럼 거칠게 밀고 당긴다. 가끔은 공중으로 의자를 들어 올리는 신공을 발휘하기도 한다. 많은 체력을 요한다.

- 늑대 놀이: 늑대 상황극을 한다. 창문이나 가구에 이불을 걸어 어두컴컴하게 만들어 아지트로 삼는다. 동생은 새끼 늑대 역할을 하며 '낑낑' 우는 시늉을 하고, 나는 먹이를 찾거나 적으로부터 도망치는 등의 상황을 설정한다.

- 보물찾기 놀이: 방 곳곳에 쪽지를 숨겨 두고 보물찾기를 한다. 보물쪽지에 다양한 아이템을 적어 놓는다.

- 녹음 놀이: 녹음기를 활용해 각종 소리를 녹음한다. 부모님의 결혼기념일이나 생일과 같은 특별한 날에 음악이나 하고 싶은 말을 녹음하는 편.

- 귀신 놀이: 어두컴컴한 장롱이나 화장실에 동생을 가두고 문틈으로 무서운 이야기를 들려준다. 동생이 오열하며 제

발 꺼내 달라고 울 때까지 한다. (미안했다……)

그렇다. 나는 이런 일들을 좋아했었다. 동생을 돌봐 주기 위한 목적도 있었지만, 기본적으로 무언가 새로운 것을 상상하고 그것을 현실로 구현해 함께 나누는 일을 좋아했다. 어른이 된 지금도 ─물론 '늑대 놀이' 같은 것은 하지 않지만─ '무언가를 고안하고 함께하자고 제안하는 일'은 여전히 하고 있다. 어쩐지 허무하기도 하다. '나는 커서 무엇이 될까?' 그렇게 고민하고, 부족한 점을 채워 넣으려고 노력했는데 나는 커서 결국 그냥 내가 되었다. 한편으로는 마음이 편안하다. 애써 무언가가 '되려고' 애쓸 필요 없었던 거구나. 나는 그저 나로 살아가면 되는 거구나.

다시 꿈꾸면서 사는 삶

얼른 어른이 되어 안정을 찾고 싶었던 어린 시절의 나에게 위로가 될지 절망이 될지 모르겠지만, 30대 중반을 넘긴 어른에게도 '일'은 여전히 고민이다. 기대했던 것과는 달리 '완성된 상태'라는 건 삶에서 존재하지 않는다.

하지만 그래서 좋은 것도 있다. 다음엔 어떤 일을 하게 될까? 또 어떤 일이 일어날까? 나는 어떤 장면을 만들어 낼까? 내가 '완성'이 아니라는 것이 아직 수많은 가능성이 남아 있다는 말과 같이 느껴지기 때문이다. 예전과 달리, 이제는 누군가가 나를 쉽게 이해하지 못하거나 독특하게 여기는 것이 불편하지 않다. 심지어 "나, 신인(新人)인가 봐!" 하며 들뜨기도 한다.

요즘의 나는 어린 시절 내가 상상하지 못했던 방식으로 일하고 있다. 나는 수많은 직업 중 하나의 직업만 선택해야 한다고 생각했다. 많은 월급을 주는 이름 있는 직장에 들어가 오래도록 다니며 경력을 쌓고, 더 좋은 회사로 이직을 하며 점점 더 많은 돈을 버는 삶. 집도 사고, 외국으로 휴가도 가고…… 그것이 '성공한 삶'이라고 생각했고, '내가 그걸 해낼 수 있을까?' 두려웠다. 그런데 막상 어른이 되어 보니 세상이 꼭 하나의 문법으로 돌아가는 것만은 아니라는 것을 알게 되었다.

지난 10년 동안 내 직업의 이름은 자주 바뀌었고, 지금도 여러 가지 일을 하면서 살아가고 있다. 요즘의 나는 공연도 만들고, 공간도 운영하고, 기획도 하고, 이렇게 글도 쓰고 한다. (놀랍게도 돈도 벌고 있다!) 누군가 보기에 나는 대중없이 일하는 것처럼 느낄 수도 있겠다. 하지만 나는 안다. 나의 모든 일들을 관통하는 무언가가 있음을. 그건 바로 나다. 요즘 나는 '나 자신'과 가깝게 살고 있다고 느낀다.

쓸모를 전혀 생각하지 않고 했던 것이 '일'이 되는 신기한 경험이 갈수록 많아진다. 내가 정말 좋아하는 것을 찾고 그것을 끝까지 밀어붙여 나만의 세계를 만들어 내면, 그 세계는 내게 큰 힘이 되어 준다. 좋아하는 것을 주제로 여행을 떠나는 즐거움을 알게 되고, 비슷한 것을 좋아하는 사람들과 연결된다. 내가 '일'이라 여기지 않았던, 목적을 생각하지 않고 좋아하는 마음만으로 쌓아 올린 경험들이 예상치 못한 세계로 나를 안내한다. 그러다 보면 알게 된다. 혼자서 방구석을 꾸미며 놀았던 순간, 동생과 함께 할 놀잇거리를 고민했던 순간, 시골집에서 땅을 파헤치며 또 다른 세계를 상상했던 그 순간들이 '나'를 이루었다는 것을.

어른이 되어 새롭게 시작한 일

뜻밖의 쓸모를 만들며 나처럼 살아가기

요즘 나의 신조는 '나처럼 살자'이다. 나는 나로 살 수밖에 없다. 나의 타고난 특성, 나라는 사람의 본질을 인정하고 거기에서부터 시작해야 한다. 다른 사람들이 좋다고 하는 방식, 맞다고 하는 것이 꼭 내게 맞으리란 법은 없다. 내가 나답게 일하기시작하게 된 것 또한 '내가 좋아하는 작은 것'의 가치를 스스로인정해 주면서부터였던 것 같다. 타인이 좋아하는 것이 아닌 내가 좋아하는 것, 세상이 중요하다고 말하는 것이 아니라 내가중요하다고 생각하는 것에 시선을 두게 되면서 오히려 내가 가장 잘할 수 있는 일, 나만이 할 수 있는 일을 찾아내기도 했다.

쉽게 이해받지 못하더라도, 명확하게 설명할 수 없더라도, 본능적으로 끌리는 것을 해 봐야지! 앞으로도 나는 나에게 소중한 '쓸데없는 일'을 열심히 하며 살고 싶다. 그 속에서 나만의 의미를 발견하고 연결하고 뜻밖의 쓸모를 만들어 내면서 '나처럼'나아가고 싶다. 꿈을 꾸고, 내일을 상상하면서.

‘처음’은 설레고 가슴 벅차다.
그와 더불어 사람은 뭔가 처음 행할 때
어디서부터 어떻게 시작해야 할지 몰라
낯섦과 두려움을 느낀다. 고등학생 시절,
‘1학년 1학기 콤플렉스’라 부르는 괴로움에 시달렸다.

데
뷔
만
세
번
째

김신식

김신식

감정사회학자 겸 작가.
한국 사회에서 벌어지는 감정 갈등에 대해 기고하고 강의를 해 왔다.
최근엔 민원 사례를 중심으로 한국인의 감각 갈등을 탐구 중이다.
현재 문예지 『비유』의 편집위원으로 활동하며.
풀 죽은 문화예술 작업자를 위한 기획을 맡고 있다.
봄이 되어서야 지난 한 해 겪은 일들이 실감 나는 편이다. 그 느낌이 싫지 않다.

이런 적은 처음

학우들이 웅성대는 소리가 들린다. 손에 쥔 분필은 어느새 땀과 섞여 눅눅하다. 툭툭! 탁탁! 칠판에 닿은 분필 소리가 시원하게 교실에 울려 퍼져야 하거늘 쉽지 않다. 끙끙거리며 문제를 풀지 못하는 날 보다 못한 수학 선생님의 한마디.

"너 뭐 하는 녀석이야!"

그러게, 나 뭐 하는 녀석일까. 예전엔 답을 적어 내야 할 문제를 보면 어려운지 쉬운지 가늠은 했다. 하지만 그날은 난이도가 어느 정도인지 도저히 판별되지 않았다. 이런 적은 처음이었다. 선생님께 꾸중을 들은 채 내 자리로 돌아와 앉았다. 한 손으로 샤프를 잡고선 주먹을 쥐었다. 그런 다음 노트가 찢어질 정도로 낙서를 해 댔다. 고등학교 2학년 1학기 어느 날 겪은 일이다.

그날부터 무력감이 마음속을 지배했다. 무력감을 북돋운 감정은 수치심이었다. '어찌 된 녀석이 저 문제도 못 푸느냐.'는 는 식으로 반 친구들의 목소리를 망상했다. 그렇게 쌓인 부끄러움이 무력감을 키웠다. 이후 막막함이 내게 손짓했다. 신기하게도 막막함이 수치심을 점점 밀어내더라. 그 수학 수업 이후, 반 친구들이 날 어떻게 비난할까 몹시 신경 쓰는 하루하루를 보낼 줄 알았다. 그런데 언제부턴가 수치심을 비롯해 감정이란 녀석이 내 안에 자리하는 줄도 모르는 나날을 맞게 됐다. 커다란 벽이 서 있는 느낌이 들면 차라리 다행인 날들이었다. 손톱으로 벽을 긁으며 아등바등하는 시늉이라도 할 수 있으니까. 그러면서 '정말 안 되나 보다.' 절감할 수 있으니까. 한데 나에게 무력감이란, 베갯속에 넣는 솜뭉치가 손아귀에 들어왔다가 그걸 손으로 쥐려니 자기 마음대로 사라져 버리는 장면의 연속이었다.

처음엔 속이 상했다. 그러다가 속상함도 온데간데없는 시기에 들어섰다. 그때를 되돌아보면 무력감이 찾아오니 긍정적 감

정 말고도 부정적 감정마저 마음속에 자리함이 사치라고 생각
했나 보다. '정말 안 되나 보다.' 하고 인식함도 여유롭게 느껴
졌다고 할까. 일이 잘 풀린다거나 혹은 잘 풀리지 않는다는 게
뭔지 분간가지 않는 일상이 나를 집어삼켰다.

1학년 1학기 콤플렉스

마치 빈손을 쥐었다 폈다 반복하지만 왜 그러는지 이유도
모르겠고, 굳이 이유를 찾고 싶지도 않은 고등학생 시절. 스스
로 '1학년 1학기 콤플렉스'라 부르는 괴로움에 시달렸다. 익
히 알다시피 인간은 태어나 죽을 때까지 삶 곳곳에서 처음이
란 단계를 맞이한다. '처음'은 설레고 가슴 벅차다. 그와 더불
어 사람은 뭔가 처음 행할 때 어디서부터 어떻게 시작해야 할
지 몰라 낯섦과 두려움을 느낀다. 한편으론 내가 뭔가에 익숙
해지고 능숙해질 만큼 살아왔다고 여긴 시간이 무효임을 평가
받을 때가 있다. 그때 사람은 다시 처음부터 시작해야 한다는
진단을 받는다. 이런 '처음'으로 인해 사람은 서러움과 허탈함
을 느낀다.

방금 말한 처음의 특성이 고등학교 때 내가 유독 앓은 1학년 1학기 콤플렉스의 특징이다. 아이돌 생활에 비유하면 이런 거다. 내 고등학생 시절은 A란 이름으로 데뷔했다가 다음 해 다시 데뷔하는 일과 비슷했다. 고등학교 2학년은 A로 보내는 아이돌 2년 차가 아니라, B란 이름으로 재시작하는 1년 차였다. 고등학교 3학년은 A로 보내는 3년 차, B로 보내는 2년 차가 아니라 C란 이름으로 시작하는 1년 차였다. 내 고교 시절은 해마다 데뷔해 데뷔만 세 번째인 아이돌 같았다.

특히 공부와 관련하여 1학년 1학기 콤플렉스는 치명적이었다. 초등학생 시절, 방학 기간 실컷 놀고 개학 후 듣는 수업에서 맞닥뜨린 난처함과 상이했다고 할까. 방학 때 놀기만 했더니 새 학기 첫 수업에서 문제를 풀려는데 샤프 잡는 느낌이 무지 낯설고, 공책에 남긴 글씨가 삐뚤삐뚤한 경험을 치른 적 있다. 다만 그 당시엔 며칠 바짝 문제집을 풀고 샤프를 계속 잡으면 문제 푸는 요령도 손안에 샤프를 쥔 감각도 되돌아왔다. 한데 고등학교 2학년 1학기 초반. 어느 날부턴가 1학년 1학기와 2학기에 익힌 공부 내용이 내게서 감쪽같이 사라져 갔다.

결국 고등학교 2학년 1학기는 고등학교 생활을 처음 시작하는 1학년 1학기와 다를 바 없었다. 고등학교 3학년 1학기 또한 마찬가지. 학년은 올라가는데 1학년 1학기의 나로 자꾸 돌아왔다. 스스로 내 삶을 향한 리셋 버튼을 누른 적이 없는데, 눈을 뜨면 리셋이 된 상태로 하루하루를 보냈다. 몸은 자랄지라도 후배들이 '이럴 땐 어떻게 접근하면 좋을까요?' 물어보면, 정신적으로 든든하고 숙달된 모습을 보이지 못해 힘겨웠다.

미야와키 사쿠라를 통해 곱씹어 본 '처음'

하고픈 말을 위해 잠시 길을 돌아가련다. 혹시 검색 좋아하는지? 당신은 어떨 때 검색하는지? 난 작가로 살다 보니 글로 나누려는 견해를 누군가 이미 말하지 않았을까 걱정되어 검색창을 활용하는 편이다. 실컷 고민해 도출한 관점을 누군가 앞서 언급했다면 김이 확 새기 마련이니까. 근데 검색을 통해 나와 비슷한 생각, 유사한 감정을 지닌 사람의 기록을 발견할 때 가끔은 위안이 되기도 한다. 그걸 알려 준 영화가 있다. 윌리엄 니콜슨 감독의 〈우리가 사랑이라고 믿는 것 Hope Gap〉(2022). 작품에서 제이미는 부모의 이혼 소식에 속상해하다 두 어른의 마음에 가닿으려 애쓴다. 자신이 모르는 아버지의 모습 어머니의 모습은 무엇일까, 어머니와 아버지가 그간 감춰 왔던 마음이나 소원은 무엇일까 귀 기울인다. 그런 와중에 사이트를 만든다. 사이트 이름은 '여기 와 본 적이 있다I Have Been Here Before'. 제이미는 검색창에 사랑, 인생, 죽음 등 삶 속 고민과 결부된 단어를 입력하면 누군가 그 단어와 관련해 자신과 비슷한 생각을 했음을 확인하며, 거기서 위로받는 글귀를 찾아 주는 기능을 넣었다.

해당 장면을 좀 더 이야기해 볼까 한다. 사이트를 구경하던 제이미의 친구가 자신을 가로막고 있는 걸 극복하고 싶다 말한다. 제이미는 친구가 희망을 원한다고 알아차린다. 곧이어 제이미가 검색창에 희망을 입력하며 사이트를 어떨 때 쓰면 좋은지 시범을 보인다. 곧이어 검색 결과로 〈투쟁해 봤자 허사라고 말하지 말라〉는 시가 나온다. 나이팅게일의 조력자로 알려진 시인 아서 휴 클러프(Arthur Hugh Clough)의 시이자, 공교롭게도 제이미의 어머니가 제일 좋아하는 시였다. 시 일부를 공유해 본다.

투쟁을 해 봤자 허사라고 말하지 말라.
노력과 상처는 아무 소용이 없고,

적은 약해지거나 실패하지 않는다고,

세상은 늘 그대로일 거라 말하지 말라.

희망이 어리석다면, 두려움은 거짓말쟁이가 될 테니.

이제 내 에피소드 차례. '미야와키 사쿠라'라는 아이돌을 좋아한다. 오디션 프로그램에서 처음 봤을 땐 '일본에서 꽤 유명한 연예인이었다는데 실력이 형편없네.' 하며 그리 눈여겨보진 않았다. 한데 사쿠라가 갈수록 나아지는 모습을 보일 때마다, 성장의 원천은 무얼까 그의 삶과 생각이 궁금해지더라. 구글 검색창에 '미야와키 사쿠라 인터뷰'라고 입력한 뒤 나오는 유튜브 영상을 하나하나 살펴보았다. 통찰력이 느껴지는 사쿠라의 인상 깊은 생각이나 그 생각을 깊이 있게 읽어 내는 사람들의 댓글은 메모해 보기도 했다. 이는 배울 점이 있는 인격체로 사쿠라를 대하게 된 시발점이었다.

그러던 어느 날, 여느 때처럼 사쿠라의 인터뷰를 검색 중에 강호동이 사쿠라와 진행한 토크쇼를 발견했다. 사쿠라가 그룹 '르세라핌'으로 나온 걸 기념해 그의 소감을 묻는 자리였다. 특히 사쿠라의 '데뷔'에 관해 심층적인 대화가 오갔다. 사쿠라에겐 그냥 데뷔가 아니라 '세 번째 데뷔'였기 때문이다. 생각해 보니 그랬다. 예전엔 휴대폰으로 텔레비전으로 '어라, 사쿠라가 요번엔 이런 그룹으로 나오네.' 간단히 생각하며 퍼포먼스를 감상했다. 막상 이번이 세 번째 데뷔라고 하니 그 표현에 담긴 마음의 무게가 어느 정도일지 상상조차 어려웠다.

속된 말로 사쿠라는 '생 초짜 신인'이 아니지 않는가. 한국에 오기 전 HKT48이라는 유명 그룹에서 주목받는 멤버였다. 한국으로 건너와 아이즈원으로 두 번째 데뷔를 하게 됐다. 그러곤 르세라핌으로 세 번째 데뷔를 했다. 아이돌 생활을 오래 해 오다 보니 사쿠라에게도 쌓인 경험치가 분명 있을 거다. 그런데 인터뷰에 따르면, 사쿠라를 심히 뒤흔들어 놓은 지점이 있었단다. 바로 바닥부터 다시 시작하는 것이었다고 한다. 한국과 일본의 아이돌 생활이 다르다곤 하나, 사쿠라도 무척 심란했으리라. 자신도 일본에서 인기 있는 아이돌로 활약하면서 뽐내 온 솜씨와 경험치가 있을진대, 한국에서 다시 데뷔 과정을 거치며 그 솜씨가 그 경험치가 아무것도 아니었다고 평가받기도 했으니. 사쿠라는 당혹감과 좌절감에 휩싸인 한국에서의 지난날을 돌아보며 심경을 고백한다.

"미야와키 사쿠라라는 게 힘들었어요."

그러면서 한때는 아이돌 생활이 아예 처음인 사람으로 데뷔하고 싶다는 상상을 했단다. 차라리 그러면 사람들이 본인의 부족한 실력을 처음이란 이름으로 일정 기간 감싸 주긴 할 테니.

이런 경우 누군가는 자기 자신을 둘러싼 문제점과 불안을 회피한다. 타인의 조언을 흘려듣고 외려 다른 사람에게 탓을 돌린다. 반면 누군가는 자기 자신을 에워싼 문제와 불안을 마주한다. 자신이 살아온 길이 포함된 기억을 발판 삼아 하나하나 복기하고 나은 모습을 선보인다. '톺다'라는 우리말이 있다. '틈이 있는 곳마다 모조리 더듬어 뒤지면서 찾다.'라는 뜻이다. 사쿠라는 잘 톺아 보는 쪽이다. 관련하여 사쿠라가 르세라핌 멤버로 활동하고자 다시 연습생 생활을 받아들였음을 주목한다. 그는 바닥부터 재시작하며 자신이 살아온 과거를 전면적으로 부정하기보단, 그 과거를 현재 자신과 맞대어 보고 톺아 본 채 좀 더 성장하려는 생활을 택했다. '이럴 땐 이렇게 넘어가면 돼.' 하고 요령만 익히기보단, 자신은 아이돌이 되기 위해 무얼 갖췄는지 처음부터 다시 검토하는 생활을.

실은 내 고등학생 시절을 데뷔만 세 번째로 빗대어 본 시도는 검색을 통해 알게 된 미야와키 사쿠라의 삶과 생각 덕분이다. '나랑 직업은 다르지만 살아오면서 비슷한 경험을 한 사람이 있네. 나만 이런 게 아니었구나. 다행이다.' 안도감을 느끼게 해 주는. 타인의 불안과 내 불안 사이를 이어 주는 끈이 생기는 느낌이 들며 위안이 되는.

기본기: 다시 처음으로 돌아가 묻는 걸 창피하게 여기지 않는 태도

여기서 중요한 이야기가 빠졌다. 사쿠라는 보다시피 사람들이 선망하는 인물이 되었잖은가. 그럼 나는 어떤 사람이 되었을까. 밝히기 전에 아직 공개하지 않은 과거를 불러와야 할 듯싶다. 중학생 때까지 선생님과 학우들은 나를 "공부 잘하는 녀석"으로 불렀다. 그러나 고등학교에 들어가고 '1학년 1학기 콤플렉스'에서 헤어 나오지 못하면서 나는 이런 말을 듣는 지경이 되었다.

"우리 신식이가 공부는 못해도 사람은 좋으니 뭐가 되더라도 되어 있을 거야."

고등학교 화학 선생님이 한 말이다. 말할 때 내 머리를 쓰다

듬은 선생님의 크고 뭉툭한 손가락이 아직도 기억난다(웃음).

　왜 나는 졸지에 그 같은 사람이 되었을까. 사연은 이러하다. 내가 입학한 K교는 대안학교와 미션스쿨의 성격을 지닌 고등학교다. 교육에 관심 있는 학부모 사이에서 꽤 알려진 곳이었다. 중학교 3학년 때였나, 친구가 가져온 K교의 팸플릿을 우연히 읽었다. 그간 만나지 못한 재미난 교육 내용에 마음이 흔들렸다. 일반고에 가는 대신 K교에 진학했다. 하지만 학교에 들어가고 줄곧 부적응자가 되었다. 사실 그랬다. 내 스스로 공부는 어느 정도 하니 페이스를 유지하면서 K교의 남다른 교육 분위기를 즐겨 봐야겠다고 꿈꿨더랬다. 구상은 와르르 무너졌다. 학교가 장점으로 내세우는 자유롭고 진취적인 교육 환경을 즐기려면, 내 공부 실력도 뒷받침돼야 하는 현실에 가로막혔다. 무엇보다 공부를 잘하는 녀석들끼리 모여 은근히 치열하게 경쟁을 하는 곳이 K고교의 현실임을 알게 된 후, '이러다 도태되겠다.'는 불안감이 찾아왔다. 걱정에 공부량을 늘렸지만 성적은 따라 주지 않았다. 시험 전날 주변 친구들은 가끔 여유를 부릴 때도 있었는데 '나는 왜 애를 써도 안 되는 거지?' 울화가 치미는 밤을 보냈다. 밤을 뒤로한 채 비참한 성적표를 받아들고, '내가 보기엔 저리 좋은 성적이 나올 애가 아닌데…….'

하며 원망과 시기의 눈으로 학우들의 얼굴을 쳐다보곤 했다.

옛말처럼 시간이 약인 걸까. 세월이 흐르고 대학 생활을 하면서 깨달았다. 그 당시 반 친구들은 저리 여유로워 보여도 성적이 괜찮게 나올 만큼의 무기가 있었구나. 톺아 보면 내가 주목해서 본 몇몇 친구의 무기엔 공통점이 있었다. 그들은 태어나 공부를 해 온 경험에서 느낀 어떤 묘미를 간직하고 있었다. 그 묘미란, 단지 '가'란 문제를 보고 이런 정답을, '나'란 문제를 보고 저런 정답을 쓰면 난처한 순간을 모면할 수 있는 것이 아니었다. 내 눈길을 사로잡은 친구들은 주어진 문제를 접하면 얼른 답을 내려고 서두른 채 다음 단계로 넘어가기보단 '이게 왜 이렇게 되는 걸까?' 근원을 따져 묻는 습관이 있었다. 솔직히 그런 습관을 목격할 때마다 되게 엉뚱하고 미련해 보이기도 했다. 그러나 이제 내가 그런 사람으로 살게 되면서 알았다.

'그리 따져 묻다 보면 그동안 자신이 굳건히 믿어 온 배움의 내용도 의구심의 대상이 되는구나. 충분히 알았다고 여겨 온 나름의 답과 가치들이 낯설고 새롭게 보이는구나.'

나는 친구들의 무기를 두고 특별한 이름을 붙이기보단 '기본기'라 칭한다. 우리는 살면서 어느 영역에서든 기본기를 학습한다. 그런데 사람들이 '맞아, 이게 기본기지.' 하면서도 실생활에서 까먹는 게 있다. 가령 수학 문제를 풀고자 공식을 배우듯 사람은 일을 배울 때 잘 처리하도록 공식 같은 매뉴얼을 배운다. 그 매뉴얼을 따르기만 하면 되는 게 기본기라 생각하는 데 그친다. 그러나 나는 공식과도 같은 매뉴얼을 익히고 따르며 문제를 해결하는 시도만큼, 기본기를 이루는 근간은 따로 있다고 본다. 나를 둘러싼 문제가 어떻게 왜 일어났을까 '다시 처음으로 돌아가 묻는 법'이다. 사람은 나이가 많든 적든 자신이 이것만큼은 알고 있다 지나치게 확신하는 바가 있다. 그걸 깨기가 쉽지 않다. 그러는 동안 자신의 세계에만 갇혀 지내며 무뎌진다. 그 세계에서 탈피해 무뎌진 나를 일깨우고자 필요한 것이 기본기다.

실토하자면 10대 시절 내겐 그러한 기본기가 없었다. 이런 문제는 저렇게 풀어 나가면 뭐라 혼내는 사람이 없을 거라는 데에만 신경 쓴 채로, 그때그때의 문제에 맞는 답을 숙지하는 것이 내 기본기였다. 나를 보며 찡그린 표정을 짓는 타인의 얼굴을 피하고 싶어서, 정작 내가 직면해야 할 문제의 얼굴을 제대로 들여다보지 않았다. 이처럼 내가 지향했던 공부의 기본기란 타인이 날 지적하면 생길 '당황스러움'을 회피하는 데 치우쳤다. 그러다 보니 학년이 올라가도 다시 1학년 1학기가 된 모

드로 살아갈 수밖에. 순간순간의 곤란한 상황에서 벗어나 싫은 소리를 듣고 싶지 않다는 마음으로 공부하다 보니, 시간이 흐르면서 내 안에 머무르는 지식과 지혜가 없었다.

반면 고등학교 때 내게 시련과 부러움의 대상이었던 친구들은 눈앞의 대상을 '당면'하고, 자신의 생각을 폭넓게 점검하는 데 초점을 맞춘 공부를 했다. 그들은 내가 뒤늦게 안 기본기의 의미를 일찍부터 장착했다. 친구들도 그 같은 기본기가 익을 때까지 얼마나 많이 노력했고, 예상치 못한 두려움에 때론 낙담도 하지 않았을까 문득 떠올려 본다. 자신이 자부해 온 앎이 있는데, 차근차근 톺아 보니 그 앎이 전혀 달리 해석될 수 있음을 깨달았을 때, '뭐지 그간 내가 배운 것은 다 헛된 거였나?' 실망도 했을 테니 말이다. 하지만 그 과정을 반복한 끝에 자신이 배운 바만 부여잡고 지내기보단 처음으로 돌아가 자신이 배워 온 바에 의문을 표하며 다시 배우고 관점을 확장하는 일. 그 관점이 나중에 다시 의문의 대상이 될 수 있음을 예상하는 일. 그것이 기본기임을 친구들은 알았다.

어쩌면 내가 눈여겨본 친구들은 나보다 일찍 '1학년 1학기 콤플렉스'를 경험한 이였을지도. 차이가 있다면 친구들은 다시 처음으로 돌아가야 함에 나처럼 한탄만 하진 않았다는 점이다. 친구들은 봉착한 문제를 둘러싼 근원에 대해 끊임없이 되물으며 좀 더 나은 존재가 되고 싶다는 욕망을 숨기지 않았다.

결국 사람의 삶에서 기본기란 다시 처음으로 돌아가 묻는 걸 창피하게 여기지 않는 태도라고 생각한다. 어렵사리 고등학교를 졸업하고 대학생이 된 뒤, 그 태도가 스며든 일상을 내 것으로 삼으려 했다. 이를 위해 짧게는 3~4분이라도 '생각을 생각하는 시간'을 가졌다. 과거의 내가 품은 생각이 불현듯 나타나고, 요즘 내 생각과 나란히 놓아 본다. 그러면 나에 대해 새로이 접근하는 계기가 열린다. 주변의 타인을 유심히 관찰한 후 조심스레 생각을 입 밖으로 꺼냈는데, 그 생각을 들은 타인이 "어, 저 이런 말 처음 들어요." 답할 때처럼, 나를 그런 타인으로 두어 본다. 타인에게 하듯 나 자신을 공들여 해석한다. 또 다른 내가 발견되는 것 너머 발명되는 순간이 찾아온다. 그게 싫지 않다.

어찌 보면 다시 처음으로 돌아가 묻는 걸 창피하게 여기지 않은 덕분에 나의 고등학생 시절을 이야기할 수 있었다. 글을 준비하고 맺는 동안, 그 사이에 내가 무뎌진 바는 없을까 톺아보게 된다. 물론 그 과정에 빠져들면 처음으로 되돌아가야 하는가란 생각에, 밀려들어 오는 곤혹스러움을 완전히 차단할 수는 없으리라. 하지만 그렇다고 해서 부끄럽진 않다. 세상을 이전보다 1센티미터 더 넓혀서 볼 기회니까.

그렇게 내가 미처 몰랐던 다른 세계에 또 데뷔합니다.

개인의 고유함을 존중하는 단체 연락하기

초등학교부터 고등학교까지 매년 반장을 위시해 학급 내 임원을 맡았다. 대학생이 되면 그런 생활을 안 할 줄 알았는데, 과 친구의 추천에 떠밀려 새내기 때 1학년 과 대표로 선출됐다. 왜 나를 후보로 밀었냐며 친구를 살짝 원망하다가 이내 과 대표가 되면 해야 할 일을 챙긴 걸로 봐선 아예 싫지는 않았나 보다. 이왕 맡은 거 재미있게 하자고 마음먹었다.

그런 와중에 실습비 인상을 놓고 학교 측과 학생 측 간의 갈등이 벌어졌다. 당시 학생회에서 학우들의 뜻을 모으고자 재학생에게 사정을 알리는 일을 과 대표들에게 부탁했다. 학과 친구들에게 연락을 취해야 했는데 심각하게 메시지를 전하고 싶지 않았다. 강의 후 뒤풀이에서 듣게 된 친구들 개개인의 사연을 떠올린 뒤, 곧장 용건을 꺼내기보단 한 명 한 명의 각기 다른 속사정이 지금은 어떤 상태인지 물었다. 그러다 보니 비용 인상을 저지해야 하는 당위성에 대해 말하기보단, 경제적인 부분과 관련해 친구들의 사연을 집중하여 듣게 되는 연락도 있었다.

생전 처음 실천해 본 유형의 연락이었다. 그런 체험이 좋았다. 그저 요령 있게 단체 연락을 할 줄 알아서가 아니었다. 나에게 '타인의 특징을 기억하고 간직하는 재능'이 있음을 확인했기 때문이다.

물론 누군가에게 기억은 씁쓸하고 아프게 다가온다. 그런 기억의 측면을 존중해야 한다. 다만 나는 기억이 인간의 선함을 이끌어 내는 데에도 소중한 요소라고 생각한다. 기억이 선함과 가까이하려면, 때론 '나'가 기억하는 타인의 특징을 당사자 앞에서 일일이 발설하지 않는 태도가 필요하다. 내가 타인의 장점을 잘 포착했고 잊지 않았다는 마음 아래 타인에게 일방적으로 말을 쏟아 내다 보면, 그 또한 타인을 나만의 시선으로 옭아맬 수 있어서다. 좀 더 중요한 건 타인 스스로 고유한 매력을 기억해내도록 계속 묻고 기다리는 자세가 아닐까 싶다.

어른이 되어 처음 시작한 일 중 대학교 1학년 시절의 이 기억이 절로 소환된 건, 학과 친구들에게 내 할 말을 무사히 다 했다는 만족감 때문은 아니다. 그 연락 이후 학과와 학교의 미래만큼 타인들의 미래가 내 미래가 궁금해졌다. '앞으로 잘될 거야.'

라는 확신 어린 말을 듣지 않았음에도, 서로가 서로에게 질문의 대상이 되는 것만으로 신기해하며, 그 신기함에서 비롯된 기쁨에 하루를 버티던 시절이었다.

❖

우리가 똑같이 이렇게 괴로운 건,

우리가 모두 아르바이트생이라서 그런 걸까?

나중에 '진짜' 회사에 '진짜' 취직을 하면, 그때는 괜찮을까?

좋은 일이나 좋은 일자리가 있기는 한지,

어딜 가도 다 비슷하지는 않을지 덜컥 겁이 났다.

스무
살,

일을
시작
하다

황효진

황효진

일하는 여성들의 커뮤니티 '뉴그라운드'를 만들고 있다.
모두가 조금 덜 괴롭게 일할 수 있으려면 일터가 어떻게 바뀌어야 하는지,
타인과 함께 일하는 우리는 또 어떻게 바뀌어야 하는지에 관심이 많다.
하지만 가장 자주 떠올리는 질문은 '일하지 않거나 일할 수 없는 사람도
잘 살아갈 수 있으려면 무엇이 필요할까?' 이다.
봄에는 프리지어 꽃을 자주 집에 둔다.

'일'에 관해 말할 기회가 많다. 좀 복잡하게 들릴지도 모르겠지만 설명해 보자면, 일에 관한 일을 하고 있고 독특한 방식으로 일하고 있기 때문이다. 일에 관한 일이라는 건 일하는 여성들의 커뮤니티를 만드는 일을 뜻한다. 다양한 자리에서 다양한 일을 하는 여성들과 모여 일과 삶을 더 건강하게 꾸려 가는 방법을 나눈다. 독특한 방식으로 일한다는 건, 커뮤니티 운영자와 팟캐스트 진행자, 작가 등 겉으로 보기에 완전히 다른 직업들을 병행하고 있다는 의미다.

어떤 사람들은 내게 여러 가지 일을 동시에 하는 요즘 트렌드에 맞게 사는 것 같다고 말하지만, 일을 대하는 나의 감정이나 생각은 복잡한 편이다. 일하는 건 괴롭다. 일을 조금도 하지 않고 살 수 있다면 그러고 싶다. 가능하다면 일을 적게 하며 지내고 싶다. 그렇지만 일하는 걸 싫어하냐고 누가 묻는다면, 딱 잘라 그렇다고 답하기는 어렵다. 일 자체를 좋아하지 않을 수는 있지만 일하면서 쌓는 동료들과의 새로운 우정, 일을 잘 끝마쳤을 때의 성취감 같은 건 좋아하기 때문이다. 이렇게 '일에서 이런 부분은 좋아하고 저런 부분은 좋아하지 않는다.'고 정리해서 말할 수 있게 되기까지는 꽤 오랜 시간이 걸렸다. 처음 일을 시작했던 스무 살 때는, '내 돈을 내가 직접 벌어서 쓰고 싶다.'는 것 말고는 일에 관해 깊이 생각하지 않았다.

부모님 말에 따르면, 어릴 때부터 나는 경제관념이 부족했다고 한다.

"네가 얼마나 돈에 관심이 없는 애였는지 아니?"

엄마는 이런 말과 함께 나의 어린 시절 이야기를 들려주었다. 내가 이제 막 걸음마를 떼기 시작한 꼬맹이였던 시절, 만나는 어른들이 귀엽다고 얼마씩 돈을 쥐여 준 모양이다. 어떤 어른은 동전을, 어떤 어른은 지폐를 줬다. 동전을 준 어른은 아마 '어린애니까 이 정도로도 충분하다.'고 생각했을 것이고, 지폐를 준 어른은 이 돈이 결국 부모님께 갈 거니까 살림에 보탬이 되면 좋겠다고 생각했을 것이다. 그런 어른들의 입장을 알 바 없는 내가 선택한 건 동전이었다. 엄마의 증언에 따르면 나는 받은 동전은 소중히 모셔 두고, 지폐는 받는 족족 던져 버렸다고 한다. "이건 돈이 아니잖아!"라고 외치면서. 동그랗고 은색으로 반짝반짝 빛나고 비교적 묵직한 이것, 그러니까 동전만이 돈이라고. 이 이야기를 들으면 '어쩜 나는 어릴 때부터 실속이라곤 없었을까…….' 싶어 쓴웃음을 짓게 된다.

그나마 더 자란 후에는 동전이든 지폐든 돈이라는 건 중요하다는 사실을 알게 됐다. 일주일에 한 번 받는 적은 용돈으로는 하고 싶은 걸 다 할 수 없었다. 일주일 용돈으로 2만 원 남짓 받아서 친구들과 노래방도 가고, 닭갈비도 사 먹고, 햄버거도 사 먹고, 바닷가에도 놀러 가고, 영화도 보다 보면 어느새 지갑은 텅텅 비어 있었다. 용돈을 좀 더 달라고 부모님을 조를 용기는 없었다. 넉넉하지 않은 집안 사정을 뻔히 알면서 철없이 그럴 수는 없는 일이었다. 그래서 얼른 어른이 되고 싶었다.

당시 그 이유를 수백 가지는 댈 수 있었지만, 그중에서도 내 돈을 직접 벌어 쓰고 싶다는 이유가 가장 컸다. 생활력이 강하거나 경제관념이 남다른 친구들 몇몇은 고등학생 때부터 이미 아르바이트를 통해 '자기 일'을 가지고 있었다. 길에서 전단지를 나눠 주는 아르바이트를 하기도 했고, 카페에서 서빙을 하기도 했다. 물론 그건 적은 돈으로 아르바이트생을 부리고 싶은 가게 주인들이 저지른 불법 덕분이었지만, 그래도 내 눈에는 자기 앞가림을 하는 친구들이 다 멋져 보였다. 스스로 돈을 벌다니, 세상에! 쟤네는 완전 어른이잖아? 나는 아직도 일주일에 2만 원씩 받아 쓰는데…….

이랬던 나였으니 스무 살이 되어 합법적으로 아르바이트를 할 수 있게 되었을 땐 얼마나 신났겠는가. 수학능력시험을 갓 끝낸 대학생에게 가장 빨리, 자주 오는 아르바이트 기회는 과외였다. 약간 편하게 돈을 벌 수 있겠다는 기대로 덥석 수락했으나, 나는 곧 과외가 나와는 절대 맞지 않는 일이라는 걸 깨달았다. 일단 낯선 공간 ─남의 집─ 에 가서 일을 한다는 게 극내향인인 내게는 너무 불편했고, 내 말을 잘 이해하지 못하는 학생을 붙잡고 이해할 때까지 몇 번이고 같은 설명을 할 인내심도 부족했다. 결정적으로 내게는 누군가를 가르칠 지식이 충분하지 않았다. 과외가 내 길이 아니라는 건 나뿐만 아니라 내게 과외를 맡긴 학부모들과 학생들도 일찌감치 눈치챈 것 같았다. 국어든 수학이든, 어떤 과목을 가르치든 간에 과외는 시작한 지 몇 달 지나지 않아 흐지부지 모두 끝나 버렸다. 그게 청소년 시절의 내가 그렇게도 꿈꿨던 '일'이라는 사실을 실감하기도 전에 말이다.

나는 새로운 일을 찾았다. 머리보다 몸을 더 많이 쓸 수 있는 일을. 나의 부족한 지식을 쥐어짜 내 누군가를 가르치지 않아도 되는 일을. 오전에는 스파게티집에서 서빙을 하고, 오후에는 일본 한 록밴드의 마니아 콘셉트를 내세우는 카페에서 음료를 만들었다. 내가 잘할 수 있는 일인지 아닌지, 돈을 잘 벌 수 있는 일인지 아닌지는 고민하지 않았다. 스파게티집은 고등학생 때 스파게티를 맛있게 먹었던 곳이라 선택했고 카페는 역시 고등학생 때 종종 갔던 곳이라 선택했을 뿐이다. 일을 하고 싶었지만, 어떤 일을 어떻게 할지는 구체적으로 고민할 줄 몰랐던 시절이었다.

스파게티집에서의 일은 매일 아침 청소와 함께 시작됐다. 빗자루로 조그만 매장 바닥 구석구석을 쓸고, 대걸레로 어제저녁 남은 끈적한 피클 국물 자국을 빡빡 지우고, 행주로 모든 테이블을 한 번씩 싹 훔치고 나면 첫 번째 손님을 맞이할 시간이었다. 스파게티를 만드는 일은 요일에 따라 사장님 또는 주방 이모님이 하시고, 나는 스파게티가 담긴 접시를 조심스럽게 받아

테이블로 나르고 피클과 단무지, 포크와 숟가락을 세팅하면 됐다. 손님이 많아 가게가 너무 바쁜 날이면 설거지도 했다.

놀랍게도 스파게티집에서의 일은 나와 잘 맞았다. 눈치가 빠른, 정확히는 다른 사람의 눈치를 잘 보는 나는 서빙에 제법 소질이 있었다. 포크가 바닥에 떨어지는 소리가 들리면 바로 손님에게 새 포크를 가져다주고, 어느 테이블에 피클이 모자란 것 같으면 따로 추가하지 않아도 듬뿍 추가해서 새로 갖다주는 센스를 발휘했다. 어느 테이블에서 어느 정도를 먹었는지 암산도 척척 해냈다. 이런저런 일들을 눈치껏 해내는 내가 비로소 유능한 어른이 된 것처럼 느껴졌다.

"이번 크리스마스엔 손님이 무척 많을 것 같으니까, 효진이가 와서 일 좀 해 줄래?"

사장님이 내게 이런 부탁을 하는 날에는 속으로 신이 났다. 그건 바로 내가 이 가게의 에이스라는 뜻이었고, 그건 즉 일을 잘한다는 뜻이었으니까. 내가 아니면 이 가게가 돌아가지 않을 것 같다는 착각에 빠질 지경이었다.

온종일 스파게티집에서 서빙을 하고 집에 돌아가면 속옷까지 미트 소스 냄새가 뱄다. 그건 빨래를 해도 잘 사라지지 않지만, 그래도 괜찮았다. 나는 일을 잘하는 사람이니까. 최저임

금도 지키지 않는 가게였기 때문에 하루에 여덟 시간 정도를 일하고도 한 달이 지나 손에 쥐는 월급은 달랑 몇십만 원이었지만, 그래도 좋았다. 내 마음속에서 나는 일을 해서 직접 돈을 버는 유능한 직업인이었으니 말이다.

스파게티집에서의 일이 끝나면 밥 먹을 시간도 없이 카페로 오후 아르바이트를 하러 갔다. 당시에는 몰랐는데, 지금 돌아보니 '밥 먹을 시간도 없다.'는 데서도 어른이 된 기분을 느꼈던 것 같다. 나는 일하느라 밥 먹을 시간도 없이 바쁘지! 카페에 도착해 오전 아르바이트 언니와 바통 터치를 하고, 재료의 재고를 살피고, 카페에서 저녁 시간을 보내려는 손님들을 맞이했다. 1990년대에 인기였던 일본 록밴드의 사진으로 도배된 그 카페는 무척 낡았지만 카페 앞 골목에서 파는 파전이니 떡볶이 같은 것들을 가져와서 먹을 수 있었고, 대체로 한가한 분위기였기에 단골이 많았다. 나 같으면 좀 더 예쁜 카페에 갈 텐데……. 카페에 오는 손님들을 보며 자주 그런 생각을 했지만 어떤 날에는 너무너무 바빠서 손님들의 사정 따위를 걱정할 틈이 없었다.

카페에서 일을 잘하려면 기본적으로 뭐든 빨리 배울 수 있어야 하고, 손도 빨라야 한다. 부정할 수 없는 사실이다. 메뉴가 많고 레시피가 모두 다르기 때문에 그것을 완전히 숙지하는 게 중요하다. 레시피를 숙지하는 데서 끝나는 게 아니라 음료를 빠른 손놀림으로 만들어 낼 줄도 알아야 한다. 그렇지 않으면 기다림에 지친 손님들이 항의를 할 수 있기 때문이다. 밀려 들어오는 주문에 당황해서 성급히 움직이다 보면 다치거나, 주문 순서를 바꿔 음료를 만들게 되는 등 오히려 일에 더 큰 차질을 빚게 된다.

기계로 내리기만 하면 되는 커피, 시중에 판매하는 가루를 물에 타기만 하면 되는(그렇다, 그런 음료가 꽤 많다.) 아이스티 같은 음료야 식은 죽 먹기였으나, 그 카페에는 파르페라는 난관이 기다리고 있었다. 파르페라는 건 대체 어떤 디저트인가. 길고 좁은 컵에 시리얼과 견과류, 아이스크림을 차례대로 넣고 과일을 썰어 위에 얹은 다음, 생크림을 뿌리고 웨이퍼 등의 과자를 펼쳐서 옆으로 꽂는다. 여기에 더해 종이우산이나 얄궂은 맛의 빨간 젤리를 장식하기도 한다. 한 마디로 손이 아주 많이 가는 메뉴인 데다 자칫 잘못하면 균형이 무너져 망쳐지기 십상이다. 게다가 아이스크림은 아주 빠르게 녹기까지 한다. 파르페를 자주 먹는 단골이 오거나, 주문이 많이 밀려있을 때 손님이 파르페를 시키면 긴장으로 몸이 뻣뻣하게 굳었다. 내게 시간이 무한정 있다면 파르페를 만드는 일도 어렵지 않았을지 모르나 나의 시간도, 손님들의 시간도 한정적이었다. 한 땀 한 땀 파르페를 조심스럽게, 또 정성스럽게 만드는 동안 손님들은 오래 기다려 주지 않았다. 파르페를 만들면서 나는 내가 이토 록 무능하다는 데 자주 좌절했다. 그동안 내가 파르페를 시켜 먹었던 수많은 카페의 아르바이트생들에게 존경심이 들었다.

카페에서의 일이 힘들게 느껴졌던 건 파르페 때문만이 아니 었다. 아르바이트생을 좀처럼 믿지 못하는 카페 사장님은 한 시간에 한 번씩 전화를 해서 테이블의 상황과 현재까지의 매 출을 물었다.

"효진아, 지금 몇 번 몇 번 테이블에 손님이 있니? 무슨 메뉴 를 시켰어?"

내가 거짓말을 할까 봐 불시에 가게로 찾아와서 직접 매출 을 확인하기도 했다. 신뢰받지 못한다는 건 당연히 유쾌하지 않았다. 시급도 적고, 일도 힘들고, 환경도 그리 쾌적하지 않고, 동료도 없고, 게다가 사장님의 감시까지 받는 상황에서 오래 일하고 싶은 사람이 있을까? 카페에서 일할 때는 자신의 유능 함을 실감한다거나 없었던 스킬이 는다거나 하는 기분을 도무

지 느낄 수가 없었다. 계약서도 쓰지 않고 쥐꼬리만 한 시급을 받고 일하는, 어린 임시직 노동자의 처지가 얼마나 슬픈 것인지 깨달을 뿐이었다. 나는 얼마 안 가 카페 아르바이트를 그만뒀다.

그즈음 친구들도 각자의 첫 번째 일자리에서 고군분투하는 중이었다. 누군가는 동네 작은 마트의 계산원으로, 누군가는 호프집에서 서빙 담당으로, 누군가는 과외 교사로 일했지만 무슨 일을 하는지, 어디서 일하는지에 관계없이 일은 공평하게 고통스러운 것이었다. 우리는 모이기만 하면 아르바이트를 하는 게 얼마나 괴롭고 싫은지, 우리를 고용하는 사람들이 얼마나 별로인지, 일터에서 마주치는 사람들이 얼마나 이상한지 떠들었다. 우리가 똑같이 이렇게 괴로운 건, 우리가 모두 아르바이트생이라서 그런 걸까? 나중에 '진짜' 회사에 '진짜' 취직을 하면, 그때는 괜찮을까? 좋은 일이나 좋은 일자리가 있기는 한지, 어딜 가도 다 비슷하지는 않을지 덜컥 겁이 났다.

지금은 첫 번째 일로부터 꽤 멀어졌다. 지금 하는 일을 '몇 번째'라고 콕 집어 말할 수 없을 정도로 많은 일을 거쳐 왔다. 아이스크림 프랜차이즈에서 일해 보기도 했고, 방송국의 마케

팅팀에서 일해 보기도 했고, 육교에 서서 도로에 지나다니는 자동차의 수를 세어 보거나 또다시 카페 아르바이트를 하기도 했다. 기자로 일했고 커뮤니티 서비스를 만드는 회사의 일원으로 일했으며 요즘은 직접 회사를 만들고 있다. 때때로 팟캐스트를 진행하거나 독립출판물을 만들기도 한다. 임시직도 있었고 정규직도 있었다. 그러는 동안 일에 익숙해지거나 일에 대해 잘 알게 되었느냐 하면, 그건 아닌 것 같다. 여전히 처음 해 보는 일은 너무 많고 그럴 때마다 무섭다. 일하면서 만나는 사람들 중에는 여전히 무례한 이들이 있다. 경력을 10년 넘게 쌓았어도 돈을 잘 버는 방법 같은 건 알 길이 없고, 앞으로 어떤 일을 더 할 수 있을까 떠올리면 막막할 때가 있다.

그나마 어렴풋이 알게 된 건 이런 것이다. 어차피 일을 해야 하는 한 그 과정에서 무엇을 견디거나 견디지 않을지를 끊임없이 고민해야 한다는 것. 일을 통해 이루거나 가장 얻고 싶은 것이 무엇인지를 스스로 결정해야 한다는 것. 말하자면, '내가 일을 해서 직접 돈을 번다.'는 간단명료한 문장 속에 얼마나 복잡한 사실이 숨어 있는지를 이제는 안다.

스무 살에 처음 맛본 일의 대부분은 쓰고, 매웠다. 내 상상과는 달리 일해서 돈을 번다는 건 그리 멋지지도 숭고하지도 않았다. 한 시간에 몇천 원의 시급을 받고 서빙을 하거나 음료를 만드는 아르바이트생을 일하는 사람으로 제대로 대접하는 곳은 별로 없었다. 사장들은 그렇지 않아도 적은 시급을 가급적이면 더 적게 주고 싶어 했고, 실수를 하거나 잘못을 저지르지는 않는지 사사건건 간섭하고 감시했다. 손님들 중에서도 아르바이트생을 함부로 대하는 사람들은 셀 수 없이 많았다. 어떤 이들은 대뜸 반말을 하거나 무례한 질문을 하거나 자신이 잘못해 놓고도 아르바이트생을 탓했다. 이 사람 저 사람 사이에 치여 하루 종일 몸과 마음을 탈탈 쓰고 집으로 돌아오면 지쳐서 아무것도 할 수 없었다.

'이건 나의 진짜 일이 아니고, 지금 임시로 하고 있는 일이야.'

이 생각만이 내게 위로가 됐다. 그렇게 생각하지 않으면 견딜 수 없을 것 같았다. 임시로 하는 일이든 정식으로 하는 일이든, 어떤 사람도 그런 대접을 받아서는 안 된다는 걸 그때는 알지 못했다.

하지만 우습게도 일은 때때로 내게 달았다. 스파게티집의 주방 이모와 차츰 가까워져서 손님이 없는 시간이면 둘만의 수

다를 나눌 때, 카페 아르바이트를 마치고 나면 나를 기다리고 있던 오전 아르바이트 언니와 맛있는 음식을 먹으러 갈 때, 자주 얼굴을 보는 손님들이 "고생이 많아요."라고 한마디 해 주거나 간식을 나누어 줄 때. 일은 내게 종종 다정한 동료와 친절한 타인의 얼굴로 다가왔고 그건 무엇과도 바꿀 수 없는 즐거움이었다. 물론 일을 하고 받는 적은 금액의 월급도 달콤했다. 돈은 맛있는 음식을 먹을 수 있게 해 주고, 친구와 가족에게 작은 선물을 사 줄 수 있게 해 주고, 나 스스로 한 달 동안 열심히 일했다는 뿌듯함을 느끼게 해 주기도 했다. 돈은 소중하고 꼭 필요한 것이었지만, 이상하게도 금세 시시해졌다. 돈을 더 많이 번다고 일의 쓰고 매움을 감수할 수 있을 것 같지 않았다. 오로지 좋은 사람들과 쌓은 좋은 기억만이 오래도록 시시해지지 않았다. 이건 다음, 그다음 일을 할 때도 마찬가지였다.

지금도 역시 그렇다. 나에게 제일 중요한 건 함께 일하는 사람들과 최대한 좋은 시간을 만드는 것이다. 공동의 목표를 확인하고, 목표를 이루기 위해 어떤 방법이 효과적일지 같이 고민하고, 목표가 잘 이루어졌을 때 함께 기쁨을 충분히 누리고, 목표가 이루어지지 않았을 때도 서로에게 위로와 응원을 자연스럽게 건네고 싶다. 맛있는 음식을 종종 나누어 먹고, 시시콜

콜한 잡담과 실없는 농담을 나누고, 일 바깥의 즐거움과 고단함도 기꺼이 나누고 싶다. 일에서 진짜 어려운 건 돈 벌기보다 이런 것이라는 사실을 안다. 그 어려운 걸, 마지막 일을 할 때까지 끊임없이 노력해 보고 싶다.

아침밥 챙겨 먹기

매일 밤, 잠자리에 들면서 다음 날 아침을 상상하면 마음이 설렌다. 푹 자고 눈을 뜨면 맛있는 아침밥을 먹을 수 있다니! 아침 식사 챙기기는 매일 하는 행위인데도 매번 질리지 않는다. 떠올리는 것만으로도 틀림없이 행복해지는 일은 아직 내겐 아침 식사뿐이다.

아침 8시 30분쯤 잠에서 깨면 가장 먼저 주방으로 간다. 미리 사 둔 빵을 오븐에 넣어 데우고, 냉장고에 있던 과일이나 채소를 그릇에 먹을 만큼 덜어 놓는다. 빵이 데워지는 동안 원두를 갈고 물을 끓여 커피를 내린다. 원두 냄새를 맡으면 조금 남아 있던 잠이 깨면서 기분이 좋아진다. 빵 대신 요거트와 시리얼을 챙겨 먹을 때도 많다. 아침 식사를 준비하는 데 15분 정도를 쓰고, 이후 30분 정도 내 손으로 직접 만든 아침밥을 천천히 즐기며 책을 읽거나 휴대폰으로 밤새 밀린 소식을 확인하는 것이 나의 아침 습관이다. 이렇게 아침을 보내고 나면 하루를 잘 버틸 힘이 차오르는 것만 같다. 다시 말해, 매일 45분 정도만 나를 위해 쓸 수 있어도 스스로 꽤 괜찮게 살고 있다는 확신을 얻을 수 있는 셈이다.

아침 챙겨 먹기의 즐거움을 알게 된 건 겨우 몇 년밖에 되지 않았다. 그전까지 아침 식사는 사치스러운 행위라고 여겼다. 학생일 때는 아침에 일찍 일어나는 게 지독히도 싫었다. 아침밥을 먹으라는 부모님의 말은 늘 잔소리 같았다. 겨우 일어나 눈을 반쯤만 뜬 채 밥과 반찬을 우걱우걱 씹고 있으면 무슨 맛인지 제대로 느껴지지도 않았다. 어쩐지 소화도 잘되지 않는 듯한 기분이었다. 전날 야간 자율 학습을 하느라 잠도 늦게 잤는데. 이 시간에 밥을 먹는 대신 잠을 조금이라도 더 잘 수 있다면 좋을 텐데. 그렇지만 집에서 학교까지는 꽤 먼 거리였고, 이렇게라도 밥을 먹지 않으면 학교에 도착하자마자 녹초가 되어 버리기 일쑤였다. 언제나 울상을 지으면서도 꾸역꾸역 밥을 먹을 수밖에 없었다. 아침밥을 먹는 시간이 행복할 리 없었다.

직접 일을 해서 돈을 버는 직장인이 되어서도 상황은 크게 달라지지 않았다. 업무가 많은 날이면 새벽 네다섯 시가 훌쩍 넘어서야 잠에 들 수 있었던 직장인에게 아침밥 챙겨 먹기는 상상도 할 수 없는 일이었다. 너무 피곤하고 배가 고파서 이러다 쓰러지겠다 싶을 때는 어쩔 수 없이 맥도날드 같은 패스트푸드점에서 아침 식사를 배달시켰다. 먹고 나서 가끔 정신을 잃은 듯 다시 쓰러져 잠들 때도 있었다. 그때의 아침 식사는 일하는 나를 더 심하게 고장 내거나 멈추지 않게 할 연료에 불과했다.

많은 사람이 '미라클 모닝'을 꿈꾼다. 원래보다 한두 시간 정도 일찍 일어나 독서나 글쓰기, 운동처럼 생산적이며 자신에게 도움이 될 무언가를 하고 싶다고 말한다. 나는 그 바람이 '아침이 있는 삶'을 꿈꾼다는 뜻과 다르지 않다고 생각한다. 일이나 공부로 꽉 짜인 24시간 중 그나마 내가 주도권을 갖고 쓸 수 있는 시간을 만들고 싶다는 의미일 것이다. 하루를 좌우하는 아침 시간을 어영부영 나의 의사와 관계없는 일정에 휘둘리게 놔두지 않고, 나 스스로 조금이라도 여유 있게 시작하고 싶다는 마음일 것 같다.

아침 식사를 챙기는 것도 그런 여유가 있어야 가능하다. 일단 전날 늦은 시간까지 공부나 일을 하지 않아야 하고, 충분히 자고 일어나도 될 정도로 다음 날의 일정이 빡빡하지 않아야 한다. 아침 8~9시에 시작되는 대부분의 학교나 회사 시스템 안에서는 기분 좋게 아침 식사를 챙겨 먹고 하루를 시작하는 사람이 드물 수밖에 없는 이유다. 과거의 나는 아침밥을 좋아하지 않는 게 아니라, 시간에 쫓기면서까지 챙겨 먹을 기력이 없었던 거였다.

아침밥을 반드시 챙겨 먹는 사람이 그렇지 않은 사람보다 더 건강하다거나 하는 과학적 근거는 잘 모르겠다. 아침 식사를 챙긴다는 건 그저 하루를 시작하는 의식으로서, 나를 잘 챙길 시간을 확보하며 살아가겠다고 다짐하는 것이다. 잠을 거의 못 잘 정도로 일이 많은 상황에 피곤하면서도 은근히 자부심을 느끼거나, 일하느라 밥을 걸렀다고 말하면서 미묘한 뿌듯함을 느끼는 사람으로 살지 않겠다는 다짐이다. 그러니까, 일이 전부라고 생각하지 않는 사람이 되겠다는 각오이기도 하다. '내일 무슨 일을 해야 하지?'라는 질문만큼, 아니 어쩌면 그보다 훨씬 더 살아가는 데 중요한 질문은 이거라고 믿는다.

내일 아침에는 뭘 먹지?

✤

중학 시절, 지혜는 너무 흔하고 평범한
자신의 이름을 좋아하지 않았다.
그 시절 내가 가진 아픔이 너무도
고유하고 특별한 것이어서 '지혜'라는 평범한 이름은
이런 인생에 어울리지 않는다고 생각했다.

2000년, 서넛의 지혜들

강지혜

강지혜

시와 에세이를 쓰면서 제주에 살고 있다.
큰 강아지와 작은 사람을 돌보고 있다.
혼자가 좋다. 혼자가 되면 글을 쓸 수 있고 고독의 바다에서 유영할 수 있다.
혼자가 싫다. 따뜻하고 귀여운 존재들에 둘러싸여 언제까지고 기쁘고 싶다.
겨울이 지나고 날씨가 따뜻해지면
선우정아의 〈봄처녀〉와 새소년의 〈난춘〉을 반복해서 듣는다.
봄은 소리로 온다고 믿는다. 바로 지금, 여기저기 봄꽃 터지는 소리.

1987년에 여자아이를 출산한 사람들에게 '지혜'라는 이름은 어떤 의미일까? 그즈음 방영한 드라마의 주인공이었다거나, 당대 사회를 뜨겁게 달구었던 화제의 인물이기라도 했을까? 중학교 시절 3년 내내 내가 속한 학급에는 나 말고 지혜라는 이름의 친구가 몇 명씩 더 있었다. 가장 많은 지혜와 함께 보낸 시간은 중학교 1학년. 이제 막 어린이 티를 벗은 우리들은 귀여운 병아리가 아닌 중닭 같은 네 명의 지혜들이었다. 출석 번호 순서대로 강지혜, 권지혜, 송지혜, 신지혜. 비슷비슷한 단발, 또는 포니테일의 지혜들.

　　당시 나는 헐렁헐렁한 교복, 5 대 5 가르마에 똑단발을 한 여자 중학교에 재학 중인 지극히 평범한 지혜들 중 한 명이었다. 하지만 지혜의 가슴엔 어디서 불어오는지 모르는 태풍이 시작되고 있었다. 나머지 지혜들도 나와 같았을까? 권지혜와 송지혜, 신지혜는 평범하고, 작은, 그저 열네 살 여자애들처럼 보였는데.

중학교 진학 바로 직전 부모가 이혼을 했다. 나와 남동생의 양육권은 아버지가 갖게 되었다. 어머니와 친밀한 관계였던 나에게 어머니의 부재는 혼돈 그 자체를 의미했다. 평범해 보이는 소녀의 가슴속 태풍은 그 때문에 시작된 것이었을까?

그렇지만은 않았을 거다. 나는 초등학교 6학년이 되기 직전 초경을 시작했다. 본격적인 이차성징. 원하든 원하지 않든 어쩔 수 없이 어른이 되어야 한다는 것. 요즘은 초경 시기가 빨라졌지만, 지금 생각해 보면 당시로는 이른 나이에 겪은 초경이었다. 어린 나이에 겪은 성징과 부모의 이혼, 이제 막 중학교 1학년이 된 지혜의 가슴에는 무엇이든 불어닥쳐야 했을지도 모른다.

지금이야 생애주기 변화에 대한 인식도 개선되고 그에 따른 다양한 관점의 연구도 진행되고 있지만 내가 사춘기를 겪던 2000년대 초반만 해도 사춘기는 그냥 누구나 겪는 것, 통과의

례쯤으로 여겨졌다. 그때는 '중2병'이라는 말조차 없었다. '중2병'이라는 단어에는 사춘기를 겪는 청소년들과 그 세대 전체를 납작하게 일반화하는 평가절하의 시선이 있는 게 사실이다. 하지만 '중2병'이 '중2병'이라는 이름을 얻게 되자, 그 정체가 수면 위로 떠오른 것 역시 간과할 수는 없다. 그 시기는 마치 '병'을 앓는 것처럼 아프고, 힘들고, 곤란한 상황에 내던져져 있는 때라는 것. 그러니 그 시기를 먼저 보낸 사람들이 그 병에 걸린 사람들을 애틋하게 바라봐 줄 필요가 있다는 것.

그러나 내가 중학생이었을 때만 해도 세상은 사춘기에 접어든 작은 인간의 머릿속에서, 가슴속에서 무슨 일이 일어나는지 별로 관심이 없었다. 나는, 우리는 그저 여중생 지혜1, 지혜2, 지혜3에 불과했다. 하지만 열네 살 지혜의 가슴속에서는 매일매일 폭풍이 몰아치고, 전쟁이 벌어지고 있었다. 그것이 몸의 질병인지, 마음의 병인지, 그것도 아니라면 외부의 폭풍인지, 지혜는 전혀 알 수 없었다. 알 수 없는 상태로 당하는 혼란과 고통은 인간을 속수무책으로 만들기에 충분했다.

열네 살의 지혜는 재미있는 게 하나도 없었다. 집에는 부모가 없고(엄마는 떠나고 없고, 아빠는 일하느라 없고) 돌봐야 할 동생과 가사 노동이 있었다. 학교도 그다지 재미있진 않았지만 집보다는 낫기 때문에 수업이 끝나도 하교하기 싫었다. 지혜는 착한 딸이었고, 착한 딸은 집에서 해야 할 일이 너무 많았다. 지혜는 엄마도 되고, 누나도 되고, 딸도 되고, 아내도 되고, 며느리도 되고, 올케도 되고, 중학생도 되어야 했다. 그때 나는 '착하다' '또래에 비해 생각이 깊다' '어른스럽다' '애어른 같다'는 말을 곧잘 들었다. 열네 살은 열네 살로 충분했어야 하는데. 스물네 살인 척, 마흔네 살인 척 했다. 그래야만 했으니까, 그렇게 했다. 그것이 열네 살의 지혜에게 얼마나 큰 아픔이었는지 그땐 미처 몰랐다. 중학생 때의 일을 자꾸 떠올려 보려고 하는데 잘되지 않는 것은 그때의 기억을 어딘가로 묻어 버렸기 때문인지도 모른다. 신은 괴로운 기억은 잊을 수 있도록 인간에게 망각을 선물했다. 나는 신을 믿지 않지만, 누군가 준 망각이라는 기능이 나에게만큼은 언제나 선물이다. 특히 괴로운 일을 잘 기억하는지라 더욱 그렇다.

 망각의 축복에 휩쓸려 가지 않은, 그러지 못한 몇 가지 장면이 있다. 반 친구 중 한 명의 어머니가 돌아가셨다. 나와 다른 지혜들을 비롯한 몇 명의 친구들은 교복을 입고 장례식장에 찾아갔다. 누군가의 장례식에 손님으로 간 것은 처음이었다. 분향을 어떻게 해야 하는지, 조의금을 얼마나 내야 하는지, 아니 학생이 조의금을 낼 수는 있는 건지, 누구와 맞절을 하고 누구와 인사를 해야 하는지 하나도 모르는 상태였다. 나뿐만 아니라 몇몇 지혜와 친구들 모두 마찬가지였다. 옆 친구가 하는 행동을 곁눈질로 따라 하며 얼렁뚱땅 조문을 끝내고 식당에 앉아 밥을 먹었다. 장례식장 밥은 몹시 맛있었다.

내가 하는 밥보다, 아빠가 해 주는 밥보다 훌륭했다. 따뜻한 밥과 국, 먹음직스러운 반찬과 음료수, 후식까지. 든든한 밥상이었다. 음식을 날라다 준 이가 미소를 띠며 "많이들 먹어라." 고 말했고, 나는 상에 차려진 음식을 보자마자 군침이 돌았다. 그러다 문득 '그래도 장례식장인데, 이렇게 기쁘게 밥상을 받아도 되나?' 하는 마음이 들어 괜히 눈치가 보였다.

내면의 갈등을 나름대로 숨긴다고 숨겼지만 잘되지 않았다. 일회용 종이 그릇에 담겨 나온 하얀 밥과 뜨끈한 육개장이 그렇게 맛있을 수가 없었다. 나도 모르게 그릇을 모두 비웠다. 후식으로 나온 꿀떡까지 꼭꼭 씹어 먹었다. 상을 당한 친구가 우리들이 있는 테이블 쪽으로 왔다. 와 주어서 고맙다는 말을 하고 잠시 앉아서 이야기를 나누었다. 어린 내가 보기에도 친구는 상처가 깊어 보였다. 슬픔이 저 어린아이의 가슴을 할퀴고, 쥐어뜯어 간 게 틀림없었다. 나는 엄마가 죽진 않았지만 함께 살지 못하고 있으니까, 어머니의 부재를 이해한다고 할 수 있을까? 누군가의 부재에도 경중이 있는 걸까? 도대체 뭐라고 위로의 말을 건네야 할 줄 몰라 우물쭈물하는데, 어딘가에서 격앙된 소리가 들렸다. 함께 조문을 간 반 애들 중 두 명이 대립하고 있는 모양이었다. 다툼의 발단이 언제부터였는지, 무엇으로부터였는지는 전혀 기억나지 않는다. 다만 기억나는 것은 두 사람은 사후 세계에 대한 견해 때문에 다퉜다는 것이다. 장례식장에서 사후 세계에 대한 논쟁이라니? 꽤 적절한 주제가 아닌가 싶어 대화에 끼어들고 싶었다. (그야말로 중2병이었다.) 하지만 내 앞에는 며칠 전에 엄마를 잃은 아이가 앉아 있었다. 그는 그들의 대화를 멍한 눈으로 쳐다보았다.

그 후로 그 논쟁이 어떻게 일단락되었는지, 장례식장에서 얼마나 머물렀었는지, 심지어 상주였던 그 친구의 이름이 무엇이었는지도 전혀 기억나지 않는다. 다만 사후 세계에 대한 논쟁을 바라보던 그 아이의 멍한 표정이 한동안 뇌리를 떠나지 않았다. 주위엔 온통 폭풍이 불어오고 있는데, 그 아이에게만 거대한 구멍이 생긴 것 같았다. 구멍이 그 친구를 삼켜 버렸다.

나는 그 아이가 삼켜지는 순간을 목격한 게 아닐까. 그 애는 다시 돌아오지 못할 곳으로 떠나 버렸다. 한 소녀의 '소녀'가 끝나고 무언가 다른 것이 시작되고 있었다. 그것이 무엇인지 그때 나는 알지 못했다.

중닭이던 시절, 나는 착하고 착실한 아이였다. 불량한 친구들과 어울리는 것도 아니고, 학교가 끝나면 친구들과 잠시 어울려 놀다가 귀가하여 부모의 일을 돕는. 해 오라는 숙제를 해 가고, 지각이나 결석 없이 성실히 학교에 다니고. 나쁜 학생들과 어울리며 비행을 일삼거나 부모를 학교로 소환하는 일이 전혀 없는 평범한 소녀. 그렇다고 공부를 딱히 잘하는 것도 아니고 특별히 튀는 행동을 하지도 않는 아이. 그냥 그런 동네에서 흔하게 볼 수 있는 평범한 여자애. 그건 어쩌면 나의 '롤'이었는지도 모르겠다.

남동생이 중학생이 되고 나서부터는 그 '평범한 여자애'라는 롤이 더욱 분명해졌다. 작용과 반작용의 원리 때문이었다. 동생이 확실히 비행 청소년의 길을 걷기 시작했다. 동생은 초등학생 때부터 운동을 해서 운동부가 있는 학교로 진학했다. 하지만 아버지 혼자 운동하는 자녀의 뒷바라지를 한다는 건 경제적으로도, 심리적으로도 쉬운 일이 아니었다. 결국 동생은 일반 중학교로 전학을 하며 운동을 그만두었다. 그때부터 동생은 확실하고도 착실하게(?) 비행 청소년의 길을 갔다.

동생의 롤이 비행 청소년이 되면서 나는 더욱더 평범한 소녀 역할에 고착될 수밖에 없었다. 어쩌면 당연한 결과였다. 아버지 혼자 자식 둘을 기르는데, 한 명이 엇나가면 다른 한 명이라도 부모의 통제 아래 있어야 했다. 그게 맞는 거다. 그래야 한다, 고 중닭 지혜는 생각했다.

자식을 낳아 기르는 지금 생각하면 그때의 지혜는 참 어리고, 어리석었다. 내가 아무리 부모의 뜻에 따라 행동한다 해도 부모에게는 '마음 같지 않은 자식'일 수밖에 없는데. 또한 마음 같지 않은 자식이든, 지지리 말도 안 듣는 자식이든 부모는 자식을 돌봐야 하고 사랑하기 마련인데. 그러니까 자식은 그저 부모의 사랑을 믿고 자기 스스로의 길을 가면 되는 건데. 왜 소녀 지혜는 아버지의 마음까지 헤아리려 했을까. 가슴 안의 폭풍으로 인해 몸조차 가누기 힘든 시기였으면서.

하지만 착한 아이 역할에 열중하고 싶었던 지혜에게도 폭풍에 잠식되는 날이 없었던 건 아니다. 중학생 신분이 거의 끝나가던 무렵이었던 걸로 기억한다. 친구 중 한 명이 어딘가에서 술을 구해 왔다. 아직도 그 친구가 가방에서 소주를 꺼내던 순간이 생생하다. 어른들이 자주 마시는 유리병에 담긴 소주가 아니라 그보다 크기가 작고 납작하게 생긴 플라스틱병에 담긴 것이었다. 작은 가방에서 플라스틱 소주병이 많이도 나왔다. 그때 나는 난생처음으로 소주를 마셨다. 안주로 무엇을 먹었던가? 아니 안주를 먹기는 했던가? 당연히 엄청나게 취했다. 전부 다 기억나지는 않지만 무수한 추태를 부렸고, 교복을 입은 채로 친구 방에서 잠이 들었고, 눈을 뜨니 아침이었다. 휴대폰에는 아버지의 부재중 전화가 수십 통 표시되어 있었다.

친구 어머니의 차를 타고 집으로 왔다. 친구 어머니는 안쓰러운 마음에 해장이 될 만한 식사를 만들어 아침을 먹고 가라고 권했으나, 숙취로 인해 아무것도 먹을 수 없었던 나는 극구 사양했다. 숙취가 심하면 물 말고 다른 것은 입조차 댈 수 없다는 걸 그때 알게 되었다. 그런데 하필 그날은 아버지가 아침에 집에 있는 날이었다. (아버지는 버스 운전을 해서 일주일에 한 번씩 일하는 시간대가 바뀌곤 했다.) 아버지도 아침에 집에 있고, 게다가 나는 학교에 가야 하는 평일. 정말 아무 대책 없이 술을 마신 것이다. 일이 이렇게까지 되리라고는 전혀 예상하지 못했기에 현실감이 없었다. (사실은 그때까지 술이 안 깨서 현실감이 없었던 것 같기도 하다.)

아버지는 집에 돌아온 나에게 일언반구도 없었다. 그 침묵이 더욱 숨 막혔다. 나 역시 무어라 할 수 있는 말이 없었다. 차라리 학교에 가자, 하는 심정으로 머리를 감으려 고개를 숙였을 때였다. 세상이 빙글빙글 돌더니 구토가 치밀었다. 숙취가 심하면 먹은 물조차 게워 낸다는 것 역시 그날 처음 알았다. 위액까지 다 토하고 나니 식은땀이 흘렀다. 그야말로 술병이 난 것이다. 이대로는 도저히 안 되겠다 싶어 다 죽어 가는 목소리로 아빠에게 조심스럽게 물었다.

"아빠, 나 오늘 학교 안 가면 안 될까……?"

그때까지 아무 말 없이 구토 소리를 듣고 있던 아버지가 나에게 걸레를 집어 던졌다. 그 후 아버지가 무어라 말했는지 정확히 기억나진 않는다. 다만 긴 말은 아니었다. '닥치고 학교나 가라.'는 거였다.

지금 생각하면 아버지로서는 얼마나 황당하고 막막했을까. 뻑 하면 학교로 소환되고, 심할 땐 경찰서까지 불려 다녀야 하는 쪽은 둘째여서 첫째 딸애에겐 마음을 놓았는데, 이 아이도

만만찮은 자식이었던 거다. 어쩌면 하는 짓이 투명하게 보이는 둘째보다 첫째의 일탈이 무섭게 느껴졌을지도 모른다. 중학생이었던 지혜는 아버지가 걸레를 집어 던진 것에 충격을 받았지만 아버지 쪽 역시 적잖은 충격과 공포를 느꼈을 것이다. 그럼에도 폭력을 행사한 것은 잘못이다. 그것을 옹호하려는 건 아니지만, 이제는 아버지의 마음을 조금 이해할 수 있다.

아주 강렬한 몇 개의 사건들을 제외하면 중학생이었던 시기는 정말 잘 기억나지 않는다. 시간이 많이 흐른 탓도 있겠지만 무척이나 평범하게 지냈기 때문일지도 모르겠다. 한 반에 존재했던 서넛의 지혜들과 함께 깔깔거리며 몰려다녔다. 평범하고 당연하게 한 달에 한 번씩 돌아가며 주번을 하고, 체육복을 빌려 입고, 실내화를 빨아 오지 않아 혼나기도 하면서. 모든 지혜의 가슴에 폭풍이 불고 있었지만 우리는 모두 그것을 잘 숨기고 싶어 했다. 아마도 먼저 산 사람들의 눈에는 뻔히 보였을 테지.

시간이 흘러 20대 후반, 친구의 결혼식에 주례로 참석한 중학교 때 선생님을 만난 적이 있다. 사회 과목 담당이었던 선생님이었다. 처음에 그는 나를 못 알아보았다. "선생님, 저 강지혜예요."라고 말하자 그는 "와! 너 얼굴이, 얼굴이, 엄청 달라졌다! 진짜 못 알아보겠는데?"라며 크게 놀랐다. 결혼식에 오는 거라 풀 메이크업에 옷도 잘 차려입고 와서 그런 것 같다며 웃었는데, 그는 진지하게 말했다. "그런 게 아니라 어릴 때랑 인상이 완전히 달라졌어."라고 했다. 그는 이렇게 덧붙였다.

"그때 너는 진짜 다크한 느낌이었지."

역시. 숨긴다고 숨겼는데도 가슴속 폭풍을 가릴 수는 없었던 모양이다.

중딩 시절, 지혜는 너무 흔하고 평범한 자신의 이름을 좋아하지 않았다. 그 시절 내가 가진 아픔이 너무도 고유하고 특별한 것이어서 '지혜'라는 평범한 이름은 이런 인생에 어울리지 않는다고 생각했다. 지금 생각해 보면 아무나 겪는 일은 아니었지만 한편으로는 누구나 겪는 일들이었다. 폭풍은 나 말고 다른 지혜들에게도 지나고 있었다.

어른이 된 지금은? 우습게도 오늘의 강지혜도 마찬가지다. 나와 닮은 아이를 낳아 기르면서도 나는 나의 폭풍을 감추지 못해 쩔쩔맨다. 해사한 얼굴로 잠든 아이의 머리칼을 쓰다듬으며 생각한다. 어떻게든 이 아이에게 나는 거대하고 고요한 바

다이기만 하면 좋겠는데. 하지만 이번에도 '폭풍 감추기'에 실패하겠지? 작고 좁은 나의 그릇을 금세 들킬지도 모른다. 그래도 괜찮지 않을까. 이 아이는 내 실패를 용서해 주지 않을까. 자식은 부모가 생각하는 것보다 부모를 훨씬 더 많이 사랑하니까. 나의 아이는 어쩌면 나 자신보다 나를 더 많이 사랑해 주니까. 문득, 깨닫게 된다. 내가 싫어했던 건 내 이름이 아니었구나. 나는 나 자신을 좋아하지 않았구나. 나의 실패는 거기에서 기인한 것이었구나.

두렵다. 혹여나 내 안의 폭풍이 이 아이의 소녀 시절까지 망치진 않을까. 하지만 지금의 나는 실패를 기록하는 사람이 되었다. 이 실패에 대한 끄적임이 누군가에게는 지도가 되리라. 내가 실패했던 지점을 써 두는 것으로 이것은 하나의 좌표가 된다. 좌표는 나의 다음으로 이 길을 가는 사람에게 써먹을 만한 정보가 될 것이다. 나의 실패가 아이에게 작지만 알찬 지도가 되었으면.

2000년의 지혜는 삶이란 매우 재미없는 것이라 생각했다. 그때 소녀의 마음을, 그 작은 몸 안에 불어오는 거대한 폭풍을. '고독'이라고 친절하게 설명해 주는 사람이 있었다면 어땠을까. 고독은 인간이 인간이기 때문에 느끼는 보편적인 감정이라고, 게다가 고독은 잘 다루면 멋진 보석이 되기도 한다고 말해 주는 사람이 있었다면. 하지만 내 곁엔 그런 사람이 없었다. 그래서 어린 나는 좌초되었고. 다시 항해를 시작하기까지 오랜 시간이 걸렸다. 그걸 탓하진 않기로 했다. 그건 정말로 내 탓이 아니었으니까. 2000년의 지혜는 얼마나 숱한 구조 요청을 보냈던가. 혼자의 힘으로는 아무것도 바꿀 수 없다는 무력감은 열네 살의 소녀가 견딜 수 있는 감정이 아니었다. 하지만 다시 생각하면, 내가 좌초된 곳은 고요하고, 아름다운 곳이었다. 거기서 만난 생경한 존재들이 다시 나를 살게 했다. 무인도에서 만난 것들은 신비롭기도 하고 위험하기도 했다. 그것을 써 내려가면서 나는 천천히 궤도로 돌아왔다. 게다가 이제는 "이번 엔 어떤 아픔을 써 볼까. 어떤 고통을 팔아 볼까." 하고 후후 웃는 어른이 되었다. 어쩌면 인생은 생각보다 재밌는지도.

여전히 보고 싶고, 안아 주고 싶은 열네 살의 지혜. 실은 그때 겪은 폭풍에서부터 내가 태어난 게 아닐까. 그 어린 몸으로, 온갖 폭풍을 견디며 버텨 주어서 지금의 내가 있는 거겠지. 나는 영원히 열네 살의 지혜에게 감사한다. 그리고 말해 주고 싶다. 정말 고생했다고, 나로서 살아 주어서, 끝끝내 버텨 주어서. 조금 어두웠지만, 아름다운 세상을 품고 있던 중닭 지혜로 내 삶의 첫 페이지에 존재해 주어서 너무 고맙다고.

솜털을 벗고 깃털을 입기 위해

병아리, 중닭을 거쳐 달걀을 낳은 닭에까지 이른 지금의 지혜의 가슴속은 어떨까. 놀랍게도 아직도 폭풍은 사라지지 않았다. 다만 지금의 지혜는 이 폭풍과 함께 살아가는 기술을 조금씩 터득해 가는 중이다. 지금의 나는 폭풍이 불기 시작하는 때를 감지할 수 있다. 오랜 시간에 걸쳐 나로 살아오면서 마음이 요동치기 시작할 때, 불안함과 우울함이 해일처럼 몰려올 때 미리 울려 줄 재난경보 시스템을 마련한 것이다. 몇 년 전 시작한 심리상담과 신경정신과 치료가 큰 도움이 되고 있다.

'지금 알고 있는 걸 그때도 알았더라면'이라고 했던가. 하지만 내가 어릴 때만 해도 심리상담이나 정신과 치료는 소수의 사람들에게만 해당하는 영역이었다. 상담과 정신과적 치료는 평범하고자 노력했던 지혜가 생각할 수 있는 범위가 아니었다. 그러나 다행히도 이제는 인간을 이루는 요인 중 정신적 부분에 대한 적절한 케어와 치료가 신체적인 것만큼이나 중요하다는 걸 많은 사람들이 알게 되었다. 심지어 정신과 육체 두 가지는 선후로 구분될 수 없다는 것에 대해서도 말하고 있다. 즉 '건강한 육체'에 '건강한 정신'이 깃드는 것인지, '건강한 정신'을 가진 자만이 '건강한 육체'를 만들 수 있는 것인지가 중요한 것이 아니라는 말이다. 정신과 신체는 어느 것 하나 할 것 없이 모두 소중하고 유기적으로 연결되어 있다. 이 둘 사이의 균형이 무엇보다 중요하다는 것을, 이제 나도, 다른 지혜들도 잘 안다.

상담과 치료를 통해 공을 들여 수많은 지혜 중에서 진짜 지혜를 찾아냈다. 새롭게 만난 나 자신은 어떤 부분은 내가 생각했던 꼭 그만큼의 나이기도 하고 어떤 부분은 정말 실망스럽기 그지없다. 어느 순간, 잠잠하다고 생각했던 바다에서 갑작스럽게 폭풍이 불어닥치기도 한다.

그럴 때면 다시금 중닭이었던 지혜로 돌아가는 기분이다. '나는 왜 아직도 이런 일에 맥을 못 추는 걸까.' '이만큼 나이를 먹었는데도 겨우 이 정도 일에 이렇게 상처를 받나? 난 정말 이것밖에 안 되는 걸까?'라며 스스로를 다그치기도 한다. 왜냐하면, 자책하고 주저앉는 게 더 쉽기 때문이다. 포기하면 편하다. 어떤 것을 포기해 버리면 더는 생각하지 않아도 되니까. 실제로 어떤 일은 차라리 포기하는 게 나은 것도 있다.

다만 이제는 나 자신을 조금은 알고 있기에 어떤 것을 포기해도 되고, 어떤 것은 절대 포기하면 안 되는지 안다. 조금 귀찮고 힘들더라도, 불편한 마음 때문에 온몸이 다 젖을지라도 해야만 하는 일도 있다. 그 순간을 통과하고 나면 또 맑은 날이 온다. 결국 폭풍은 공기의 흐름일 뿐이다. 내가 죽을 때까지 나는 언제까지고 '지혜'일 것이나, 폭풍은 결코 '지혜'가 될 수 없으니까.

✤

학교 어디를 가도 눈치가 보였다.
지나가다 다른 학년이 보이면
자동으로 목소리가 기어들어 갔다.
같은 1학년 안에서도 눈치 싸움이 있었다.
봄은 해마다 내 바람을 외면했다.

포
식
자
의
봄

채반석

채반석

글밥 먹고 살고 싶다는 이유로 기자를 희망했는데,
막상 되고 나니 다른 일을 더 많이 하고 산다.
인생 생각대로 가지 않아도 좋더라.
가능성을 품고 생동하는 봄의 연록처럼.

익숙함이 편한 사람에게 최악의 계절은 봄이다. 봄은 '흙을 부수고 움트는 새싹' 같은 대책 없이 긍정적인 이미지를 덮어 쓰며 수많은 이들에게 새로운 시작을 강요하는 폭력적인 계절이다. 시작의 이름은 나이에 따라 조금씩 다른데, 학교에 다닐 때는 '입학'이나 '새 학기'라는 명찰을 붙이고 찾아왔다.

따뜻함이 미처 찾아오지 못한 3월, 봄은 아직 움츠리는 사람들이 여며 잡고 있는 익숙함이란 겉옷을 강제로 벗겨 냈다. 생경한 길로 등교하는 일, 다른 층의 다른 반으로 짐을 옮기는 일, 같이 밥을 먹는 친구와 짝꿍이 바뀌는 일이 모두 한날에 이뤄졌다. 그렇게 옮겨 간 곳에선 빳빳한 교과서와 차가운 교실, 새로운 담임과, 어색한 새 친구들을 만나야만 했다.

그렇게 싫어하며 보낸 몇 번의 봄들 사이에서도 초등학교에서 중학교로, 중학교에서 고등학교로, 고등학교에서 대학교를 바꿔야 했던 세 번의 봄이 특히 싫었다. 개중에서도 최악은 초등학교에서 중학교로 진학한 2003년이었다.

내가 살던 지역에서는 아이들을 중학교로 전학시킬 때 각자의 성별에 맞는 중학교로 배치했다. 초등학교 졸업 시점 기준 140cm의 시선에서 봤을 때 남중은 맹수들이 우글거리는 정글 같았다. 30대가 된 지금의 내 나이에서 보면 중학생은커녕 고등학생도 병아리로 보이지만, 그때는 마냥 무섭기만 했다. 학교의 최연장자에서 최연소자로 지위가 급락해 위축된 것도 있었겠으나, 초등학생 때 같은 학교의 고학년을 보는 느낌과는 근본적으로 달랐던 게 컸다. 어쨌거나 초등학생 때까지만 해도 나이에 따라 키 정도만 차이 났을 뿐 다들 어린이였다. 하지만 중학교에는 도저히 하나의 정체성으로 묶을 수 없는 학생들이 우글우글했다. 2학년 형들만 해도 완연한 청소년의 태가 났고, 3학년쯤 되면 그냥 어른이었다.

어디 생김새뿐인가, 형들은 목에서도 다른 소리를 냈다. 입학식 때 학교는 2학년과 3학년을 좌우에 세워 두고, 주인공인

1학년은 가운데로 입장시켰다. 앞으로 학교생활 잘하라는 교장 선생님의 하나 마나 한 소리와 입학생 선서가 끝난 이후 2, 3학년 형들은 환영의 박수와 함께 고함을 질렀다. 내 기억엔 그게 남자로만 구성된 덩어리가 내지르는 소리를 처음 들어본 경험이었다. 탁한 소리의 가닥들이 엮여 내는 굵은 소리에 적잖이 놀랐다. 함성의 질감이 꼭 운동회 때 쥐어 본 줄다리기 밧줄 같았다. 여기저기 쓸려 거칠기 짝이 없는.

새 학교, 새 학기의 시작에 보고 들었던 것들이 이렇다 보니 위축된 채로 시작할 수밖에 없었다. 드라마 보면 신참 수감자가 감방 구석에서 기존 수감자들의 눈치를 보면 찌그러져 있는 모습을 볼 수 있는데, 1학년꼴이 딱 그랬다. 학교 어디를 가도 눈치가 보였다. 지나가다 다른 학년이 보이면 자동으로 목소리가 바닥을 기었다. 3학년 형들 반이 있는 교실의 복도를 가로질러 걸어가는 것조차도 불가능에 가까웠다.

같은 1학년 안에서도 눈치 싸움이 있었다. 관내의 몇 군데 초등학교 출신들이 처음으로 한데 모이는 거였다. 서로 다른 초등학교 출신끼리 미묘한 껄끄러움이 있었다. 상대의 키와 덩치를 재 가며 간을 보는 분위기가 이어졌다. 책상 간격이 좁은

데 자꾸 앞에 앉은 녀석이 밀었느니 어쨌느니 같은 시답잖은 이유들로 싸움이 벌어졌다.

그렇게 싸움이 쌓이면서 암묵적으로 싸움 성적에 등수가 매겨졌다. 몇 전 몇 승, 뭐 그런 식으로 계산하진 않았다. 한 판이면 끝나는 승부였다. 한 번 싸워서 이기면 패자가 이겼던 아이들까지 모두 이긴 셈 치는 구조였다.

애들 싸움에 영향을 줄 수 있는 거라고 해 봐야 타고난 유전자와 성장 속도 정도였을 테다. 그런데 누구누구는 싸움 기술이 있니 없니 하면서 수군대는 멍청이들도 많았다. 자기들이 무슨 만화 속에 산다고 알았던 모양이다. 아이들 막싸움에 창작물 속에서나 나올 법한 상상의 개념인 '기술'이라는 게 있을 리 없다.

간헐적으로 돌려차기 같은 걸 하는 애들이 있긴 했다. 태권도 도장에서 배운 기술이라 썼다기보다는 아마 그즈음에 나왔던 〈야인시대〉 같은 드라마나 만화책에서 멋진 기술로 자주 나오기 때문이었을 거다. 돌려차기가 회전력을 이용하기 때문에 더 강하다는 건 배운 사람에게나 해당하는 얘기다. 중학생들이 시도했던 돌려차기는 그냥 겉멋도 뭣도 아니었다. 그러나 놀랍게도, 어설픈 돌려차기를 하는 애가 이기는 경우가 많았다. 갈잖은 기술이라도 시도하는 쪽이 '깡'이 좋아서였다. 체격 조건 외에 싸움 서열에 영향을 미치는 요소가 딱 하나 있다면 그게 깡이었다.

깡은 약간의 용기와 허세, 무모함 등이 적절하게 복합된 성격적인 특성이다. 깡이 좋은 아이들은 사마귀처럼 겁이 없었다. 덩치나 힘으로 자기가 조금 안 된다고 생각해도 기어이 주먹을 내지르거나 발로 찼다. 깡이 좋은 아이들은 '주먹이 맵다.'는 칭호를 얻기도 했다. 상대적으로 약한 주먹인데도 이기는 경우가 많았다. 가만 보면 깡이 좋은 아이들은 싸우기 전부터 자기가 이기는 것 같은 분위기를 만들 줄 알았다. 더 세게 윽박질렀고, 상대방의 기를 눌렀다. 싸우기도 전에 이기고 들어갔다. 치킨 게임에서 끝까지 핸들을 돌리지 않고 치받는 쪽이었다.

얼마간 자연 상태의 시간이 지나가면 한 반 안에서, 학교 안에서의 싸움 서열이 대체로 잡혔다. 교실은 평평하고 네모났지만, 맨 뒤에 있는 몇 자리는 삼각형의 꼭짓점처럼 좁고 높았다. 여기 앉은 일진들은 제비뽑기를 하든 뭘 하든 어떤 식으로든 뒷자리를 지켜 냈다. 시선을 독점하는 뒷자리에 앉아 남들을 내려봤다. 만만한 아이들은 누구나 때리고 다녔고, 아무에게나

명령할 수 있었다. 돈을 빌리기만 하고 갚지는 않는 식으로 세금도 걷었다. 폭군이었고 독재자였다.

하나 다행인 점이 있다면 적어도 1년마다 약간이라도 다른 환경을 맞이할 기회가 있다는 거였다. 학년이 바뀌는 새로운 봄에는 새로운 반 배치가 이뤄진다. 반 배치의 주요 관전포인트는 해당 학년의 양아치들이 어떤 식으로 쪼개지는지, 개중에 그나마 나은 일진들과 한 반이 될 수 있는지였다. 아무리 학생들 생태에 별 관심이 없는 선생이라고 할지라도, 본인의 편안한 직장 생활을 위해서는 뭉쳐 놓을수록 말을 안 듣는 문제아들을 최대한 찢어 놔야 했다. 호르몬이 한창 왕성하게 생성되는 중병아리 같은 남아들만 모아 놓은 중학교에선 특히 더 그랬다.

내가 이 반 배치에서 유심히 보던 건, '승냥이'와 '돼지'의 행방이었다. 그 녀석들과 한 반이 되지 않으면 비교적 평안한 1년을 보낼 수 있었다. 그 외의 일진들은 신기하게도 자기들끼리 뭉쳐 있지 않은 상태라면 의외로 크게 나쁜 것까진 아니었다. 둘 다 안 걸리면 최고다. 최소한 둘이 쪼개져라도 있으면 그럭저럭인 1년 정도는 보낼 수 있었다. 둘이 합쳐져 있는 반에 걸리면 학교 가는 것 자체가 고역일 정도로 최악의 한 해를 보내야 한다. 승냥이와 돼지는 학교 일진들 중에서도 인싸 느낌이 나는 녀석들이었다. 이 둘이 있으면 쉬는 시간에 나머지 일진들도 시체 냄새 맡은 하이에나처럼 몰려들었다.

봄은 해마다 내 바람을 외면했다. 승냥이와 돼지, 둘 다 피한 적은 한 차례도 없었다. 승냥이와 돼지 중 좀 더 같은 반이 되기 싫었던 애는 승냥이였다. 승냥이는 깡이 좋은 아이였다. 덩치가 그렇게 크진 않았지만 야무진 느낌이 들었다. 운동도 잘했고, 공부도 반에서 3등 정도 할 정도로 할 만큼 하는 아이였다. 문제아들과 어울렸으나 그렇다고 학교에서 '꼴통'인 포지션은 아니었다. 반장을 맡기도 했다.

승냥이는 평상시에 조용했다. 혼자 있을 때는 공부를 열심히 했다. 돌이켜 보면 공부를 꽤 진심으로 하는 친구였다. 도서관 자습실에도 얼굴을 자주 비쳤고, 학교에서 정규수업 시간 이후에 마련한 오후 특별 보충 수업에도 참석해서 수업을 들을 정도의 열의도 있었다. 사실 이 녀석 하나만 있을 때는 큰 문제가 없었다. 운동 잘하는 친구들이랑 점심시간에 축구를 하거나 스타크래프트 같은 게임을 할 때는 별달리 개새끼스러운 모습도 나오지 않았었다.

하지만 승냥이는 돼지나 하이에나 같은 다른 일진들과 함께 붙어 있을 때엔 그중 제일가는 쓰레기가 됐다. 어느 날인가, 승냥이는 무엇 때문인지 상기되다 못해 불콰해진 얼굴로 교실 앞문을 박차고 들어왔다. 다른 쓰레기 무리와 함께였다. 무언가 분한 일이 있는 모양이었다. 문을 열고 들어온 승냥이는 반을 부침개 반죽처럼 휘젓기 시작했다. 발에 걸리는 책걸상들을 차 댔고, 손에 걸리는 대로 뺨을 때렸다. 그런 식으로 보더콜리가 양을 몰듯 반 아이들은 한쪽 벽면에 몰았다. 보더콜리와 다른 점이 있다면, 우리 반에 들어온 이 개새끼는 사람을 실제로 물어 가며 몰았다는 것이겠다.

그러고는 이내 소리를 고래고래 질렀다. 반 아이들에게 뭘 똑바로 하라고 했던 것 같은데…… 내용은 기억이 잘 안 난다. 아마 말이 안 되는 소리였기 때문일 터다. 학교에서 가장 똑바로 살지 않는 놈들은 승냥이와 같이 들어온 돼지나, 하이에나 같은 녀석들이었다. 하나같이 어떤 이유가 있어서 누군가를 때리는 놈들이 아니었다. 대체로 일진들이 사람을 때리는 이유는 심심해서 혹은 본인이 모종의 이유로 기분이 안 좋아서였다. 그런 놈들이 본인 기분이 안 좋을 때는 시끄럽니 똑바로 하라느니 같은 소리를 폭력의 핑계로 삼았다. 본인들이 선도부라도 된 것처럼 굴었다.

중학교 와서 가장 무서웠던 대상은 당구 큐대를 깎아 매로 썼던 기술 선생도, 동그랗고 딱딱한 궁채 머리로 애들 머리 뒤통수에 피멍이 들도록 후려갈겼던 음악 선생도 아니었다. 3학년 선도부 형들이 공포 그 자체였다. 지금은 학생들이 이런 일을 하는 부가 있는지 모르겠다. 내가 학교에 다니던 2000년대 초반까지만 해도 선도부는 학생들을 감시하고 감독하는 역할을 선생들로부터 일정 부분 위임받아 행사했다. 대체로는 교내 질서 유지를 위한 일들에 투입됐다. 아침에 등교하는 학생의 복장을 체크하거나, 자율 학습 감독을 선생 대신 들어가는 일들이었다.

선도부들이 학생들을 휘어잡는 방법은 주먹이었다. 벌점 부과나 이름을 적어서 학생부장에게 보고하는 것 같은 상식적인 방식은 찾을 수 없었다. 자율 학습 감독을 들어온 선도부 형은 교탁에 무게 잡고 앉아서 숨소리라도 내는 놈이 있을라치면 칠판 앞으로 불러서 주먹으로 복부를 한 대씩 쳤다. 한 대 맞으면 숨이 순간 막혔다. 어디를 어떤 식으로 때리느냐의 차이만 있을 뿐 안 때리는 선도부 형은 없었다. 기분이 좋으면 귀를 잡아당기고, 기분이 안 좋으면 뺨을 올려 쳤다. 선도부 형들이 자율 학습 감독으로 들어오면 숨소리도 덜 났다. 학교에서 제일 무서운 선생님이 감독으로 들어오는 것보다 조용했다. 아마 선생들도 그걸 알아서 선도부를 애용했던 것이었을 테다.

쥐꼬리만 한 권력이라도 잡고 있으면 그 후광으로 멋져 보일 때가 있다. 그 시절 선도부 형들이 그랬다. 팔에 선도부라는 완장을 차고 완장질을 하며 무리 지어 꺼드럭대는 모습에서 〈야인시대〉 김두한 패거리가, 〈두사부일체〉의 계두식 패거리가 겹쳐 보였다. 그래서였을까, 일진들은 놀랍게도 3학년이 된 이후 일진 중 다수가 선도부를 꿰차고 들었다. 학생부장을 어떻게 구워삶았는지 알 수 없지만 기가 막힐 노릇이었다. 사람 패는 것은 기본이요, 복장 불량, 담배, 금품 갈취 등등 선도부에 걸릴 짓을 골라 하는 주제에 감독의 주체인 선도부가 되어 완장질을 하고 다녔다.

학교는 그들이 랭커로 군림하고 있는 게임 속 장소 같았다. 힘을 키워 가며 착실하게 남들을 밟고 올라갔다. 선생들은 NPC마냥 가만히 있을 뿐이었다. 우리들은 그들에게 사냥당할까 두려워 피해 다니는 잡몹 같은 처지였다. 학교는 그런 곳이었다. 우리의 학창 시절은 군데군데 얼룩질 수밖에 없었다.

일진들 때문에 망쳐 버린 학창 시절 추억 중 하나는 수학여행이다. 한참 에너지 넘치는 나이에 친구들과 관광지에서 보내는 2박 3일 여행은 학교생활의 꽃이다. 소풍도, 운동회도 즐겁지만 수학여행에 비할 바는 아니었다. 수학여행은 한 학교에서는 다니는 동안 단 한 번 찾아오는 기회다.

초등학교 때 수학여행은 마냥 재밌었다. 생전 처음 보는 남산타워와 청와대 같은 장소를 방문하는 경험은 새로웠다. 몇만 원의 용돈에서 제법 큰돈을 할애해 잘 만질 줄도 모르는 일회용 카메라를 사서 찰칵거리며 돌아다녔다. 플래시를 적절하게 쓸 줄 몰라 사진은 다 날아갔지만, 몇 장 남아 있는 사진 속 표정을 보면 마냥 밝기만 하다.

하지만 중학교 때 간 수학여행에는 유쾌하지 못한 기억이 하루마다 끼어 있다. 일과 중에 선생님의 통제하에 친하고 편한 친구들과 돌아다니며 좋은 것을 구경할 때는 평이했다. 숙소에 도착한 이후는 끔찍했다. 학교마다 좀 달랐을 수도 있는데, 우리 학교는 숙소 배정을 번호로 끊었다. 번호는 가나다순이었다. 강 씨면 대체로 1번, 하 씨면 삼십몇 번 정도 되는 끝번호를 받았다. 방 크기에 맞춰 대체로 6~8명씩 한 방이 됐는데, 하필이면 우리 반 돼지의 성씨는 ㅊ으로 시작하는 나와 가장 근접한 ㅈ이었다.

이런 상황에서 기대할 만한 경우의 수는 대략 세 가지 정도가 있다. 하나, 선생님이 야간 순찰을 빡빡하게 하는 것. 이건 이론적으로 가능하다는 것일 뿐 실제로 경험해 본 적은 없다. 애들을 좀 풀어 주겠다는 취지인지, 귀찮은 건지, 아니면 자기들 술 먹겠다는 건지 선생들은 밤에 한두 번 정도 복도에서 소리를 지르거나 문짝을 열어 보는 게 전부였다. 수련회처럼 유사 군대 체험하는 공간이 아니라면 야간 순찰은 기대하기 어려웠다.

두 번째는 방 대 방 트레이드 대상 인원이 되는 것이다. 일진들을 꼭 무리 생활을 하고 싶어 했다. 동료 일진을 데려오거나, '꼬붕'을 데려오거나, 둘 다 데려오고 싶어 했다. 이때 다른 일진이나 꼬붕이 다른 방에 있으면 '네가 저 방 가서 자라.'는 식으로 트레이드를 시도했다. 이런 시도가 안 먹힌 적은 없다. 일진이 돈을 달라고 한 것도 아니고 그저 방이나 바꿔 달라고 했을 뿐인데 굳이 트러블을 각오할 이유가 없다. 그리고 트레이드 대상자가 된 입장에서도 고마운 일이다. 쓰레기장에서 빼주겠다는 데 거절할 이유가 없다.

셋째, 모여서 노는 습성을 가진 일진들이 한데 모이는 장소로 다른 방을 고르는 경우다. 자기들끼리는 친한 만큼 모여서 놀고 싶은 게 인지상정. 그럼, 대체로 해당 장소는 한 학년에 방 한두 개 정도가 된다. 우리 방이 이 방으로 당첨이 안 된다면 그나마 평온한 밤을 기대해 볼 수도 있는 거다.

경우의 수가 모두 나를 배신한 때엔 그저 불면의 밤을 보낼 수밖에 없었다. 학교 다니면서 집이 아닌 곳에서 잘 일이 며칠 있었는데, 하필이면 수학여행이 이 경우의 수가 모두 나를 배신한 때였다. 환한 불빛 아래 시끄러운 저들의 대화를 애써 외면한 채 나와 비슷한 친구들끼리 구석에서 없는 사람인 듯, 배터리가 나간 장난감처럼 재미없게 자고 있어야만 한다. 괜히 깨어 있어서 시선을 끌기라고 할 경우 장난감 취급이나 당한다. 저들과 좁은 공간에 같이 있어야만 한다는 사실이 내심 불안해 하루 종일 돌아다녔다는 피로에도 불구하고 잠이 더 오지 않았다. "야 저 새끼들 진짜 자냐?" "냅둬."라는 식은땀 나는 대화가 간간이 들렸다. 그럴수록 눈을 꼭 감았다. 하나님. 제발 진짜로 잠이 들 수 있게 해 주세요. 빨리 감았다 떠서 선생님이 통제하는 아침으로 시간을 바꿔 주세요, 라고 말이다.

일진들이 왕으로 군림하는 학교에서 편안하게 살아가려면 최대한 그들의 신경에 안 거슬려야 했다. 물리적인 거리 두기가 안 되면 이 악물고 신경이라도 거스르지 않아야 했다. 일진들은 대체로 심심해서 툭툭 치고, 맞은 애가 맞았다고 표정이 안 좋으면 거기에 기분이 나빠졌다면서 더 때리는 경향이 있었다. 자기들은 장난인데 이거 가지고 뭘 안 좋은 표정을 짓냐는 논리였다.

맞더라도 그냥 넘어가야 한다. 그래야 세 대 맞을 거 한 대 맞고 끝난다. 지금 내 머릿속을 채운 불쾌한 감정만 잘 억누르면 넘어갈 수 있다. 그래서 맞는 애들은 맞아도 기분이 안 나쁜 척 억지웃음을 지었다. 기묘한 웃음이었다. 눈은 울더라도 입꼬리는 밀어 올려야 했다. 주먹으로 툭툭 치고, 뺨을 툭툭 치는데도 애써 웃음을 지어야 했다. 웃음은 맞는 애의 자존감을 방어하는 수단이기도 했다. 이걸 맞고 웃어야 폭력을 장난의 경계 안에 가둘 수 있다. 장난이어야 우리는 동등한 친구로 남을 수 있다. 일방적인 폭력이 되면 저 짐승과 동등한 관계가 아니라 상하 관계처럼 될 수 있다. 그러면 인간으로서의 존엄성에 심대한 타격이 온다. 스스로를 지키기 위해서 육체적으로도, 정신적으로도 무던하게 위장해 가며 애를 써야 했다.

보통의 학생들은 우제목류의 동물처럼 살았다. 항상 포식자가 자신을 노리진 않는지 귀를 쫑긋거리며 피해 다녀야 했다. 물론 포식자들은 먹을 수 있는 동물을 쉽게 찾아냈다. 학교가 바뀌고, 반이 바뀌어도 항상 그들은 손쉬운 먹잇감을 찾아냈다. 작고, 약하고, 사냥의 재미가 있는 동물일수록 많이 물렸다.

일진들은 강한 동물을 피해 가는 눈치도 갖고 있었다. 물론 포식자들이 대체로 덩치가 크긴 했지만, 그렇다고 해서 덩치 큰 애들이 모두 포식자가 되는 건 아니었다. 코끼리나 하마, 물소 같은 친구들도 있었다. 포식자들이 폭력을 저지르는 손엔 눈이 달려 있어서 이런 친구들을 귀신같이 피해 다녔다. 물론 가끔 주제를 모르고 덤비는 육식동물도 있었다.

어느 날, 자칼 한 마리가 겁 없이 코끼리한테 이빨질 한 적이 있었다. 평소의 코끼리는 굉장히 온순했다. 화도 잘 내지 않고 그저 허허 웃을 뿐이었다. 그러나 자칼의 턱도 없는 시비에 화가 난 코끼리는 가만히 있지 않았다. 코끼리는 자칼을 집어서 말 그대로 처박아 버렸다. 이러다 큰일이 나겠다고 생각한 코끼리의 친구들. 그러니까 물소나 하마 같은 녀석이 여럿 붙어서 겨우 떼어 냈다.

일진들은 반 전체에 큰소리를 치긴 했지만, 물소나 코끼리들을 특정해서 시비를 걸거나 소리를 치진 않았다. 자기들도 물소나 코끼리와 일대일로 싸우면 이길 수 없다는 걸 본능적으로 알고는 있었다. 그저 성격이 온순해 반 대상으로 횡포를 부릴 때 굳이 나서지 않는 것뿐이라는 것도 잘 알고 있었다.

이들은 혼자가 아니기에 강했다. 일대일이었다면 반에서 큰소리치지 못할 녀석들도 꽤 있었다. 하지만 일진들은 조직돼 있었기에 그들의 권력을 유지할 수 있었다. 참다못한 한 친구는 일진 중 한 명에게 "맞짱 한번 뜨자."며 정면 승부를 시도했다. 그 친구는 또래 대비 덩치도 좀 있었고, 운동신경도 굉장히 좋은 축에 들었다. 상대방은 그저 살만 뒤룩뒤룩 찐 성격 더러운 돼지였다. 일대일로는 싸움이 우세한 쪽이 명확했다. 하지만 돼지에게는 함께해 줄 자칼이 있었다. 자칼은 돼지가 몰리는 걸 보자 의자 하나를 들고 와서는 내려찍었다. 항상 그런 식이었다. 또 어느 때에는 하이에나의 서열을 올려 주고자 반에 있는 다른 애들이랑 싸움을 붙이고 들었다. 뒤에서 구경한다는 명목으로 있었지만 사실상 하이에나의 보호막이었다. 보호막 속에서 하이에나는 맘껏 날뛰었다.

조직된 폭력 앞에 아이들은 무력했다. 교과서에서 배운 가치를 실현하는 건 정말로 어려운 일이었다. 교무실은 멀고, 주먹은 가까웠다. 교무실의 선생님은 수업이나 종례 때나 오지만, 주먹은 등교한 순간부터 하교한 순간까지 교실에 함께 있었다. 적어도 내가 나온 학교에서 학교 폭력 앞에 교육이 설 자리는 없었다.

때로 즐거웠으나, 자주 불안했고 간간이 불쾌했던 중학교 시절은 고등학교에 올라가는 봄이 되어서야 끝이 났다. 인문계와 실업계로 고등학교가 나누어지면서 돼지나 자칼 같은 녀석들과 멀찍이 떨어진 다른 학교의 다른 교실을 쓸 수 있었다. 내가 진학한 고등학교는 그저 대학교만 쳐다보고 있는 학생들이 있는 아이들로 가득했다. 공부가 1번인 학교 나름의 비인간적인 면모들은 있었지만, 적어도 주먹으로 군림하며 왕노릇 하는 애들은 없었다. 그래서였을까, 같은 학교로 진학한 승냥이는 정말 놀랍도록 조용한 아이로 바뀌어 버렸다. 달라진 점이 있다면 하이에나나 자칼 같은 친구가 같이 오지 않았다는 점. 그리고 공부만 세는 학교에서 본인의 위치가 중하위권 수준 정도였다는 것뿐이었다. 그것만으로 승냥이는 조용해졌다. 이후로는 승냥이와 같은 반이 된 적이 없다. 하지만 복도에서 오가며 마주칠 땐 가끔은 물어보고 싶었던 것도 같다. 너는 그때 왜 그랬냐고, 그때는 왜 이렇지 않았냐고.

어른이 되어 새롭게 시작한 일

시간의 분절점을 제거해 보기

30대 중반이 된 지금 봄에 시작하는 새 학기 같은 건 더 이상 없어진 지 오래입니다. 저는 어른이 된 이후에 시간의 분절점을 의식적으로 제거하고 있는 중입니다. 연말과 연초에도 기를 쓰고 별다른 감흥을 느끼지 않으려 하지요. 어제는 어제, 오늘은 오늘, 내일은 내일. 시작과 마무리를 특정 시점에 이어 놓으려 하지 않습니다. 그래서 이제 제게 봄은 새 학기도 시작도 아닙니다. 따뜻한 계절이에요.

책이 나오는 시점에 제가 아직 회사에 붙어 있다면 아마도 봄철 정기 인사 정도를 신경 쓰고 있겠네요. 어떤 사람들이 내 결재선으로 들어올까 정도를 궁금해하겠지요.

회사에 다행히 이상한 사람이 많지는 않습니다. 마음에 안드는 사람들은 꽤 있습니다만, 그렇다고 해서 어렸을 때처럼 혹시나 맞을 걱정을 하면서 회사를 나오진 않습니다. 제가 운이 좋아서지요. 꼭 주먹이 아니라고 할지라도 멍이 들 각오로 나와야 하는 직장이 많다는 것쯤은 잘 알고 있습니다. 저는 언론사에서 일을 하고 있거든요.

몇몇 아이들이 공부하는 공부방에 취재를 도우러 간 적이 있습니다. 일진 출신의 아이들인데 소년원도 다녀오고 그랬다더라고요. 지금은 나쁜 마음을 접고 앞으로 잘 살아 보려고 수능을 공부하는 아이들이었습니다. 인터뷰를 촬영하며, 아이들 이야기를 들으면서 복잡한 마음이 들었습니다. 어려운 환경에서 주위에 제대로 된 어른 없이 성장한 아이들이 비틀려 잘못된 길로 가는 건 어느 정도 사회의 잘못도 있다는 걸 느꼈습니다.

이 아이들의 잘못을 두둔하려는 건 아닙니다. 제가 학생 때 학교에 상주하는 깡패였던 그 친구들을 이해해 보려는 것도 아니고요. 저는 여전히 그 양아치들이 인생의 고단함과 너절함을 절절하게 느끼고 살길 바라거든요.

다만, 새로 시작해 보려는 이 아이들을 보고 복잡한 마음이 들었다는 걸 부정할 수는 없겠습니다. 이걸로 잘못을 다 덮을 수는 없겠지만 그래도 조금씩이나마 알바한 돈으로 기부도 하고 있다는 한 아이의 말을 들으며 오묘한 감정이 들었습니다. 그리고 궁금해졌습니다. 그 녀석들도 이렇게 반성이란 걸 했을까요, 용서라는 걸 구해 보려고 했을까요.

내 인생의 터닝 포인트가

초등학교 6학년 때라고 쓴 이유가 여기에 있다.

글을 쓰기 시작했다는 것.

담임 선생님의 피드백을 듣는 게 좋았고 설레었다.

무슨 사연이 있겠지

이승주

이승주

2017년 『현대문학』 등단, 소설집 『리스너』가 있다.
인간의 내적 · 외적 공간에 관심이 많다.
사람과 사람 사이의 공간, 장소로서의 공간, 기억을 공유한 장소에 마음이 간다.
봄이 오면 초등학교 때 친구들이 보고 싶다.

누군가 내게 인생의 터닝 포인트가 언제였느냐고 묻는다면 나는 망설이지 않고 대답할 수 있다.

"열세 살, 초등학교 6학년 때."

과장이 아니다. 내 인생은 열세 살 이전과 이후로 나뉜다.

새로운 사람을 만나면 가족 관계를 물어볼 때가 있다. 요즘엔 민감한 부분이어서 되도록 피하는 질문이지만 나의 어린 시절엔 학년이 바뀔 때마다 통과의례처럼 물어봤다. 사람들은 내 대답을 듣고 이렇게 되묻곤 했다.

"오빠가 셋이야?"

내가 열세 살 때 큰오빠는 스물두 살이었다. 큰오빠와 나 사이엔 둘째 오빠와 막내 오빠가 있었다. 하지만 나는 오빠들과 같이 자란 기간이 짧아서 오빠가 셋이라는 걸 실감하면서 살지 않았다. 큰오빠가 가장 먼저 독립했고 둘째 오빠, 막내 오빠 순으로 집을 나갔다. 기억을 더듬어 보면 우리가 한집에서 다 같이 살았던 시절은 석관동 집이 마지막이었다.

석관동 집에는 전축이 있었다. 그 당시 우리 집 형편에 전축을 제값에 샀을 리는 없고, 큰오빠가 헐값에 사 오거나 고장 난 걸 고쳐서 쓴 것일 테다. 큰오빠는 어렸을 때부터 전자 기계를 해체한 후 조립하는 걸 좋아했다. 남들이 고장 나서 버린 제품을 가져와 고쳐 쓰거나 팔기도 했다. 당시 내 나이를 기준으로 추측해 보건대 큰오빠는 중학교 때부터 세운전자상가에 가서 기술을 배우고 아르바이트를 한 것 같다. 서른이 되기 전에 혼자 힘으로 전파사를 차렸으니까.

큰오빠 방에는 전축 옆에 LP도 있었다. LP를 따로 넣어 둘 장이 없어서 나무판 위에 쌓아 두었는데 그 수가 점점 늘어났다. 큰오빠가 알음알음 일해서 번 돈으로 한 장씩 사 모은 것이었다. LP 재킷에서 까만색 동그란 음반을 꺼낼 때면 큰오빠의 눈빛이 초롱초롱 빛났다. 스피커에서 음악이 흘러나오면 큰오빠의 입가에 흐뭇하고 행복한 미소가 번졌다.

왜 그런 생각이 들었을까. 학교에서 돌아왔는데 집에 아무도 없었다. 큰오빠 방에 들어가고 싶었다. 큰오빠처럼 나도 전축을 틀어 보고 싶었다. 턴테이블에 음반을 올려놓고 전축 바늘을 움직여 양쪽 스피커에서 음악이 나오는 과정을 체험해 보고 싶었다. 그러려면 일단 LP 재킷에서 까맣고 동그란 음반을 꺼내야 했다. 나는 큰오빠가 LP를 모아 놓은 장이 있는 벽으로 다가갔다. 내 앞에는 양팔을 벌려도 모자랄 만큼 LP가 가지런히 정렬돼 있었다.

어떤 걸 고르지…….

아이에게 너무 많은 선택지는 원래의 목적을 잊게 했다.

큰오빠가 모은 LP는 주로 팝송이었다. 지금 들으면 추억의 올드 팝송이지만 그 시절엔 핫한 팝송이었다. 물론 클래식 음반도 있었을 것이다. 언젠가 큰오빠가 친구들과 하는 얘기를 들었다.

"결국 종착지는 클래식이더라. 특히 바로크 음악. 난 바흐가 좋아."

나는 클래식도 팝송도 아닌 내가 알아들을 수 있는 음악, 가요를 듣고 싶었다. 차곡차곡 정렬된 LP 속에서 손에 잡히는 대로 아무거나 꺼내고 싶지는 않았다. 책장에 책을 꽂을 때도 책 주인의 기준이 있듯, 큰오빠에게도 LP 정렬의 기준이 있을 것이다. 하지만 어린 내가 큰오빠의 기준을 알 리가 없었다. LP 재킷에 인쇄된 그림을 확인하기 시작했다. 어찌나 열심히 재킷의 그림을 보았는지 갑자기 누가 들어올지도 모른다는 걱정과 큰오빠한테 들킬지도 모른다는 두려움은 저만치 달아나 버렸다. 원래의 목적 '턴테이블에 음반을 올려놓고 전축 바늘을 움직여 양쪽 스피커에서 음악이 나오는 과정을 경험해 보고 싶다.'는 열망도 뒷전이었다.

얼마나 시간이 지났을까. 녹슨 대문이 열리는 둔탁한 쇳소리가 들려왔다. 한창 집중해서 LP를 고르던 나는 창문 쪽으로 고개를 돌리다가 몸의 중심을 잃었다. 동시에 나무판 위에 정렬된 LP가 한쪽으로 기울어지더니 바닥으로 우르르 쏟아졌다. 제대로 된 레코드 장이 아니어서 쓰러지는 LP를 막아 줄 가림막이 없었다.

이제 난 죽었구나.

머리에서 땀이 나기 시작했다. 이마에서 흐르는 땀방울이 뺨으로 턱으로 내려오는 걸 손으로 훔쳐 낼 새도 없었다. 서둘러 방바닥에 흩어진 LP를 가슴에 끌어안았다. 한 장씩 옮길 수는 없었다. 여러 장씩 들어서 제자리에 놓아야 한다, 최대한 빨리 신속하게 움직여야 한다, 큰오빠가 들이닥치기 전에 이 방을 벗어나야 한다는 생각뿐이었다.

LP를 한 아름 가슴에 안았다. 내가 안을 수 있는 최대치를 들고 벽 쪽으로 다가갔다. 한 장씩 들었을 땐 가벼웠던 LP가 여러 장을 한꺼번에 들었더니 무거워서 몸을 일으킬 수가 없었다. 등줄기에서 땀이 흘렀다. 순서도 기준도 없이 LP를 세워놓았다. 뒤죽박죽 엉망인 채로 LP를 옮기다가 조금 전까지 애타게 찾던, 내가 알아들을 수 있는 가요 음반을 보았다.

조용필 3집 음반.

사회 초년생 시절에 회사 사람들과 노래방에 갔을 때 일행 중 제일 윗분이 조용필의 노래를 부른 적이 있었다. 내가 흥얼흥얼 따라 불렀더니 그분이 깜짝 놀라며 "옛날 노래인데 어떻게 이 노래를 아느냐."라고 물어보았다. 그때는 그 이유를 몰랐는데 이제 알았다. 내가 왜 그 노래를 음정과 박자에 맞춰 끝까지 따라 부를 수 있었는지. 바로 조용필의 3집 음반에 수록된 노래였다.

어린 시절 석관동 집에서 들었던, 나도 모르게 내게 스며든 노래, 조용필 3집 앨범 B면 5번 트랙 〈길 잃은 철새〉. 1965년에 발표한 최희준의 노래를 조용필이 리메이크한 곡이었다. 지

금도 "무슨 사연이 있겠지. 무슨 까닭이 있겠지."라고 시작하는 첫 소절이 떠오른다.

*

열세 살 때, 하룻밤도 못 넘기고 집에 들어갔지만 말없이 혼자 집을 나온 적이 있었다. 휴대폰도 없던 시절에 돈 한 푼 없이 신발만 겨우 신고 집을 나왔다. 한 번도 가 보지 않은 길, 모르는 사람들, 낯선 공기, 이곳저곳에서 흘러나오는 현란한 불빛들. 밤 열 시 무렵, 그 시간에는 집 밖 출입도 하지 않았던 내가, 벌써 잠들었을 시각에 거리를 걷고 있었다. 가장 놀란 사실은, 나는 다른 사람들이 그 시각에는 나처럼 집에 있는 줄 알았다. 밤에 그렇게 많은 사람이 깨어서 돌아다니는 줄 몰랐다.

간혹 나를 눈여겨보는 어른들이 있었다. 나는 그들의 시선이 낯설고 두려워 무작정 뛰기 시작했다. 다리에 힘이 빠지고 숨이 차올라 더 이상 걷기도 힘들어졌을 때 멀리 '청량리역'이라고 쓴 간판이 보였다.

가족들은 내가 집을 나간 줄도 모를 것이다. 뭔가 큰일을 겪고 집을 나온 게 아니어서 아무도 눈치채지 못했을 것이다. 만약 누군가 눈치채고 왜 집을 나갔느냐고 물으면 그럴싸하게 둘러댈 이유 같은 건 없었다. 굳이 찾는다면 엄마가 "너는 어떻게 한 번도 지려고 하질 않니?"라며 화를 낸 게 내 오기를 발동시켰다는 것.

청량리역 광장에서 발길을 돌렸다. 돌아가자.

석관동 집 문은 열려 있었고 마당에 서 있는 엄마를 보자 눈물이 고였다. 그러나 엄마는 마당에 세워 놓은 빗자루를 쥐고 내 몸을 사정없이 때렸다. 시장바구니도 무거워서 못 들 만큼 몸이 약한 엄마가 어디에서 그런 힘이 났을까. 매질이 끝난 후 엄마는 숨을 헐떡거리며 말했다.

"네 맘대로 살 거면 죽어 버려."

다음 날, 큰오빠의 서랍에서 면도날처럼 얇고 끝이 갈고리 모양으로 생긴 칼을 꺼내 왼쪽 손목을 그었다. 자해할 작정으로 그은 건 아니었다. 정말 살짝만 그어 볼 생각이었다. 칼이 잘 드나. 얼마나 잘 드나.

휴지를 너무 많이 써서, 피 묻은 휴지를 치우질 못해서, 밤늦게 귀가한 큰오빠가 내 손목을 보았다. 그때 나를 보던 큰오빠의 눈빛이 지금도 잊히지 않는다. 설마, 하는 의심이 걱정과 두려움으로 물들던 그 눈빛. 우리는 조용히 일을 처리했기 때문에 가족 중 누구한테도 들키지 않았다. 그날 큰오빠는 내 손목에 붕대를 감으면서 미안하다고, 자꾸만 미안하다고 말했다. 큰오빠는 내 손목의 상처보다 내가 죽음을 넘보았다는 사실 때문에, 더욱이 그 칼이 자신의 칼이어서 괴로워했다.

공교롭게도 붕대를 감고 등교한 그 주에 나는 주번이었다. 대걸레를 빨고 1층에서 4층까지 물 양동이를 들어 올리자 머리가 어지러웠다. 소매를 걷어 보니 붕대가 물에 젖었다. 큰오빠가 붕대를 너무 빡빡하게 감았는지 붕대 위로 피가 번졌다. 한순간 붕대가 팔목을 점점 죄어 와 내 온몸을 감고 마침내는 목까지 감아 올 것만 같았다.

나와 같이 주번이었던 아이는 우리 반 반장이었다. 키가 크고 조숙해서 어쩐지 언니 같았던 아이였다. 참다못해 젖은 붕대를 풀어 휴지통에 던져 넣었을 때 곁에 있던 반장이 질겁하며 물었다.

"손목이 왜 그래?"

눈을 동그랗게 뜬 반장에게 나는 별일 아니라는 듯 손을 내저었다.

담임 선생님은 매일 일기 숙제를 내주었다. 매일 꼬박꼬박 일기를 쓴 건 그때가 처음이었다. 다른 숙제는 못 해도 일기 숙제만큼은 빼먹지 않고 했다.

앞서 내 인생의 터닝 포인트가 초등학교 6학년 때라고 쓴 이유가 여기에 있다. 글을 쓰기 시작했다는 것. 담임 선생님의 피드백을 듣는 게 좋았고 설레었다. 나의 첫 스승이자 멘토였다.

처음으로 백일장을 경험한 것도 그때였다. 담임 선생님은 일기를 잘 쓴 아이들을 선별하여 백일장에 데리고 갔다. 전철을 타고 낯선 학교에 가서 다른 학교 아이들과 함께 글을 썼다. 우리 학교는 단 하나의 상을 받았는데 백일장에서 가장 큰 상인 장원이었다. 수상자는 다른 누구도 아닌 우리 반 반장이었다. 그 애는 자신의 이름이 호명되자 얼떨떨해하면서도 기쁨을 감추지 못했다.

백일장에 다녀온 후 나는 반장보다 더 글을 잘 쓰고 싶었다. 어떻게 하면 글을 잘 쓸 수 있는지, 왜 반장은 장원을 받았는데 나는 받지 못했는지 알고 싶었다. 다른 학교 아이가 장원을 받았다면 나는 아마 백일장 참가만으로도 뿌듯했을 것이다. 그런데 반장은 나와 같은 반에서 공부하고, 같은 선생님께 배우는 학생이었다. 쟤는 되는데 나는 왜……. 나는 반장이 부러워서 그 애를 미워했다. 왜 부러우면 미워하게 되는 걸까.

그즈음 어느 오후에 반장이 조용히 나를 불렀다.

"교장실로 내려가 봐. 교장 선생님이 찾아."

나는 무슨 일인지 궁금했지만 반장한테 물어보고 싶지는 않았다. 그 당시 우리 학교 교장 선생님은 여성이었고, 다정하고 인자한 분이어서 교장실 문턱이 높지 않았다.

교장 선생님의 책상 위에는 내가 그때까지 쓴 일기 노트가 여러 권 놓여 있었다. 겉표지에는 '무언(無言)'이라고 쓰여 있었다. 그것은 내가 일기장에 붙여 준 이름, 큰오빠의 방에 있던 음반 가사집에서 가져온 단어였다.

교장 선생님은 내 얼굴을 찬찬히 살피더니 손을 잡았다.

"일기를 참 잘 썼더구나. 하루도 거르지 않고. 너무 착하고 예뻐서 한번 만나 보고 싶었단다."

일기를 잘 썼다는 말에 가슴이 두근거렸다. 하지만 나는 칭찬에 익숙하지 않았다. 내 일기장을 펼치며 얘기하는 교장 선생님의 말을 자르고 불쑥 내뱉었다.

"나가고 싶어요."

교장 선생님은 물끄러미 내 얼굴을 보더니 잡고 있던 손을 내려놓았다. 그리고 빙그레 미소 지었다.

"사춘기구나. 괜찮아. 나가 보렴."

교장실 문을 밀고 나오면서 나는 혼자 중얼거렸다. 사춘기?

교장실에 다녀온 후 비밀 일기장을 만들었다. 그 일기장은 아무한테도 보여 주지 않았다. 두 권의 일기장을 쓰다 보니 이야기를 지어내게 되었고 하다 보니 재미있었다.

＊

담임 선생님의 숙제는 한 가지가 더 있었다. 아이들의 글씨체를 교정해 주기 위해 정규 과목도 아닌 쓰기를 숙제로 내주었다. 애국가를 쓴 적도 있고, 세계 명작을 쓴 적도 있고, 노래 가사를 쓴 적도 있었다. 매일 좋은 문장을 필사한 것이다. 저절로 글쓰기 훈련이 되었다.

우리 집에는 그 흔한 동화책도 없어서 책을 구하기 위해 헌책방을 돌아다녔다. 그 시절에는 동네마다 헌책방이 한두 곳정도는 있었다. 헌책방에서 책을 찾다 보면 날이 어두워지는 줄도 몰랐다. 그날은 좀 더 오래 헌책방을 돌아다녔다. 집에서는 저녁 먹을 시간이었지만 나는 그대로 집에 돌아갈 수가 없었다. 담임 선생님이 읽어 준 『폭풍의 언덕』을 사고 싶었다. 학교와 집 근처에 있는 헌책방에선 찾을 수 없었다. 또 다른 헌책방이 있을까 싶어 다른 동네까지 돌았다. 더는 찾을 데가 없어 집으로 가려고 할 때 누군가 앞을 막고 길을 물어 왔다. 나는 대수롭지 않게 그 사람이 물어보는 길을 가르쳐 주었다. 그런데 그 사람은 비켜서지 않고 또 말을 시켜 왔다.

"아는 사람 집을 찾고 있는데…… 어디쯤인지는 알겠는데…… 눈이 나빠서 문패를 확인할 수 없거든요. 나랑 같이 가서 문패 좀 읽어 줄래요?"

나는 그 사람이 가는 방향이 우리 집으로 가는 방향과 같아서 선선히 그러자고 했다. 큰길로 가지 않고 골목으로 들어왔기 때문에 인적이 뜸했다. 그는 걸으면서 조금만 더 가면 돼요, 조금만 더, 하고 말했지만 도착지는 금방 나타나지 않았다.

그는 내게 몇 살이냐고 물었다. 나는 초등학교 6학년이라고 대답했다.

"그렇게 어릴 줄은 몰랐는데. 정말이니?"

그의 입에서 반말이 튀어나왔다. 그날 나는 빨간색 민소매 원피스에 흰색 카디건을 걸치고 있었다. 옷차림만 보면 중학생으로 볼 수도 있었다.

"문패는 대부분 한문이던데, 저는 한문을 못 읽어요."

"으응…… 어…… 그 문패는…… 한글이야."

그는 더듬거리며 말을 얼버무렸다. 뭔가 이상하다는 걸 그때쯤 느꼈던 것 같다. 아니면 그가 자꾸 인적 없는 골목으로만 가려고 할 때 이미 느끼고 있었는지도. 나는 눈치채지 않게 그의 옆얼굴을 흘낏거렸다. 흰색 마스크를 썼고, 위아래 다 검은색 옷을 입고 있었다.

"이제 정말 다 왔다. 이 골목이야."

그는 처음 몇 집의 문패를 나와 같이 읽는 척했다. 나는 어깨에 손을 올리지 말아요, 하며 그의 손을 뿌리쳤지만 그는 자꾸 내 어깨에 손을 얹었다. 그러기를 몇 번, 끝내는 내가 짜증을 내자 그는 억세게 내 어깨를 움켜쥐었다. 그리고 옆구리에 칼을 들이댔다. 집이나 학교에서 흔히 볼 수 있는 커터 칼이었지만 충분히 위협적이었다.

나는 사태 파악을 빨리 끝내고 싶지 않았다. 내게 일어난 일이 어떤 것인지 알고 싶지 않았다. 울어 볼까. 그럼 나를 집으로 보내 줄까. 그래서 나는 울었다. 훌쩍거리는 내 입을 틀어막는 그의 손은 크고 거칠었다. 공포는 그제야 기습적으로 몰려들었다.

　골목 위쪽에서 내려오는 사람들의 목소리를 먼저 들은 건 그였다. 그는 태연한 얼굴로 내 어깨를 잡고 다시 집을 찾는 시늉을 했다. 두 명의 여성이 걸어왔고 뒤이어 아저씨 한 분이 걸어왔다. 나는 외마디로 그 아저씨를 소리쳐 불렀다. 어느새 저만큼 달려갔을까. 내 어깨를 누르던 그가 골목 끝에서 큰길로 꺾어지고 있었다. 앞의 두 여성은 놀란 얼굴로 세상에, 세상에 하며 나를 쳐다보았다. 아저씨는 침착하게 집이 어디냐고 물었다. 내가 대답하지 않자 아저씨는 동사무소에서 일한다고 했다. 문제가 생기면 찾아오라며 내 손을 꼭 잡아 주었다. 그러나 나는 아저씨가 경찰서로 가자고 하자 완강히 고개를 가로저었다. 집까지 데려다주겠다고 했을 때도 한사코 집이 보이는 곳에서부터는 혼자 가겠다고 떼를 썼다. 나는 그 아저씨마저 믿을 수가 없었다.

　석관동 집 대문 앞에서 카디건을 단정히 입고 머리를 다시 묶었다. 집으로 곧장 들어가고 싶지 않았다. 믿어지지 않아서, 내게 일어난 예기치 않은 사건이 너무나 생경해서, 아무 일도 일어나지 않은 거야, 하고 중얼거렸다.

　그날 나는 운이 나쁘지 않았다. 더 나빠질 수도 있었다. 나를 도와준 아저씨를 못 만날 수도 있었고, 만났어도 내가 겁에 질려 소리를 지르지 못하거나, 소리를 지르다가 커터 칼에 베일 수도 있었다. 더 나쁜 방향으로 생각을 뻗어 가면 얼마든지 더, 더 나쁘게 상상할 수 있었다.

그날 이후 나는 예전처럼 혼자 밤길을 나서지 못했다. 청량리역은 고사하고 동네 구멍가게도 밤에는 혼자 가지 못했다. 내가 여성이라는 걸 자각했다. 여성과 남성의 구별이 시작되었다. 오빠들과 한집에 살면서도 성 구별 없이 살았는데 이제는 그렇게 살 수가 없었다.

방과 후에 친구들과 놀기보단 혼자 집에 있고 싶었다. 혼자 뭘 하면서 시간을 보낼 수 있을까. 우리 집에는 내가 읽을 만한 책도, 게임기도, 장난감도 없었다. 대신 큰오빠가 애지중지하는 전축이 있었다. 큰오빠는 내가 손목에 칼을 댄 이후 나한테 한없이 관대했다. 어떤 부탁을 해도 만사 오케이였다. 큰오빠가 소장한 모든 음반을 마음껏 들을 수도 있었다. 간혹 진실을 말해 주고 싶은 충동이 일어나기도 했다. 내가 손목에 칼을 댄 건 죽으려고 했던 게 아니라고, 괜한 죄의식 갖지 말라고 말해 주고 싶었지만 꾹 참았다. 큰오빠의 관대함이 사라지고 전축도 없이 혼자 놀게 될까 봐 두려웠다.

큰오빠가 독일에서 만든 의료용 칼이라고, 뭐든 다 벨 수 있다고 자랑만 하지 않았어도 그날 그 칼을 시험해 볼 생각은 꿈에도 하지 않았을 것이다.

내 어린 시절에 관해 엄마가 몇 번이고 반복해서 들려준 일화가 있다.

"너는 뜨거운 다리미도 손을 대 봐야 뜨거운지 아는 애였어. 다리미 뜨거우니까 조심해, 하면 말 떨어지기 무섭게 손바닥을 대 보았지."

자기 손을 대 보고, 데어 봐야 뜨거운 줄 아는 애.

엄마는 그런 나를 미련하다고 했지만, 나는 다리미에 손을 대 보는 어린 내가 마음에 들었다. 어른이 되어서도 알고 싶은 건 내가 직접 손을 대 보면서 살고 싶었다. 그게 나였다.

누군가의 뒷모습을 지켜보며

'어른이 되어 새로 시작한 일'이 무엇인지 생각해 보다가 언제부터 어른으로 규정해야 하는지 모호해졌다. 법적 성인이 되었을 때, 대학 졸업 후 직장인이 되었을 때? 아니다. 나는 그보다 더 어린 나이에 어른이 된 것 같다. 엄마가 떠난 후 갑자기 어른스러워졌다.

살다 보면 매일 보았던 사람이 갑자기 사라지기도 한다. 그럴 수 있다. 내 일이 아닐 땐 그럴 수 있다. 내 일이 되었을 때 비로소 '이럴 수는 없다.'가 된다.

열여덟 살, 고등학교 2학년 때, 엄마가 집에서 갑자기 숨을 거뒀다. 저녁 식사를 마치고 텔레비전으로 연속극을 보고 있을 때. 그날 저녁 밥상을 차리다가 나는 엄마와 싸웠다. 다음 날 언제 그랬냐는 듯 화해하면 되니까. 내일도 엄마가 내 곁에 있을 줄 알았으니까. 그러나 우리에게 다음과 내일은 없었다. 싸우고 화해하지 못한 채 영영 헤어졌다. 우리가 서로 눈을 맞추며 얘기할 수 있는 순간은 다시 오지 않았다.

그 후 나는 좀처럼 화를 내지 않는 사람이 되었다. 화를 내지 않으니 싸울 일도 없었다. 간혹 피치 못할 일로 누군가와 다투게 되면 상대보다 먼저 사과했다. 애써 화를 참은 건 아니었다. 저절로 그렇게 되었다.

그리고 전에 없던 버릇이 생겼다. 가족이나 친구들을 만나면 헤어질 때 멀어져 가는 뒷모습을 오래 지켜보았다. 아주 가끔 뒷모습을 보이며 걸어가던 이가 돌아서서 손을 흔들 때도 있었다. 그러면 나도 마주 보며 손을 흔들었다.

어른이 되기 전에는 하지 않았던 일이다.

누군가의 뒷모습을 지켜보며 속삭이는 것.

잘 가. 또 봐.

전학생

처음, 새로운, 시작 같은 단어들은 산뜻함이나 설렘을 내포하고 있는 것 같다. 다가올 관계나 변화에 대해 기대하게 되고 다짐도 하게 된다.

그런 의미에서 내 유년 시절의 신학기는 처음도 맞고 새로운 시작도 맞지만, 설렘보다는 긴장과 안도, 이별, 체념의 이른 경험이 더 많았다. 잦은 이사와 빈번한 전학의 기억으로 얼기설기 이어져 있다. 전학이야말로 시기 다른 신학기가 시작되는 것 같았다. 내 의지가 아니었으므로 할 수 있는 건 변화된 환경에 적응하는 것뿐이었다. 타지에서 전학생은 외부에서 온 이방인과도 같기에 처음 보는 얼굴들의 호기심과 경계의 눈빛을 받으며 잔뜩 긴장된 상태로 첫날들을 보냈다.

그렇게 새로운 학급에서 아이들이 나를 구성원으로 받아 주고 적응될 즈음 또다시 전학을 갔다. 이 과정이 반복되다 보니 긴장보다는 체념의 정서가 나를 지배하게 됐다. 어차피 이미 형성된 무리에는 못 낄 거야, 이 학교를 다녔지만 졸업 앨범엔 내가 없겠구나, 내 친구는 나보다 '동네' 친구가 더 친하겠구나, 졸업하면 자연스럽게 연락이 끊기겠구나, 같은 생각들 말이다. 항상 발이 떠 있는 사람처럼 느껴졌다.

그 체념을 극복하고 싶었던 건 중학교 1학년 시절이었다. 중학교를 입학하자마자 또 이사를 하게 된 것이었다. 이 흐름을 거스르고 싶어졌다. 전학 와서 고작 2년 다닌 초등학교였지만 정을 가장 많이 붙였고 나로서는 오래 다닌 학교였다. 남들처럼 '오래된' 초등학교 친구들과 동네와 중학교 시절도 함께 공유하는 '소꿉친구' 역할을 유지하고 싶었다. 또 전학을 가면, 기껏 쌓아 올린 내 삶의 한 블록이 떨어져 나갈 것 같았다. 그래서 한 시간이 넘는 거리를 버스를 갈아타며 원래 다니던 중학교에 꾸역꾸역 다녔다. 그게 나의 서툰 용기이자 노력이었다.

한 해 동안 하루에 세 시간쯤은 멍한 시간으로 보내다가 결국 중학교 2학년 때 전학을 갔다. 그렇게 지키려고 했던 초등학교, 중학교 친구들과는 자연스럽게 멀어지게 됐다. 내 인생 마지막 전학이었다. 다행스럽게도 삶은 관대했기에 나도 고등학생이 되어서야 대다수 사람들처럼 한 학교에서 신학기를 여러 번 연속해서 맞이할 수 있었다. 살짝 긴장되고 설레는 상태로. 작은 학급에는 익숙한 얼굴과 처음 보는 얼굴들이 있었다. 조금 어색하다 싶으면 반에서 나와 복도를 걸어 친구들을 만날 수 있었다. 얼마 지나지 않아 처음 보는 얼굴들도 친구가 되었다. 동네에서는 중학교 친구들을 만날 수 있었다.

이런 거였구나! 익숙함 속의 새로움이 이렇게나 안정적이고 좋은 것이었구나. 신학기가, 새로운 시작이 설렐 수 있는 건 앞으로 꾸준히 볼 사람들이자 환경이기 때문이라는 걸 알게 됐다. 떠날 걸 염두에 둔 채로 시작을 반기는 건 한두 번이면 충분하다. 가능했어도, 그때는 모든 것이 서툴렀기 때문에 힘들었을 것이다.

시간이 흘러 수많은 사람과의 만남과 헤어짐을 반복하고부터는 붙잡을 수만은 없는 것이 세상에 있다는 사실을 알게 됐다. 적응하고 받아들이기만 했던 날들, 그때 내가 조금 더 요령 있게 감정과 변화를 다스릴 수 있었다면, 잦은 새로움의 날들을 어떻게 기억하게 되었을지 문득 궁금해졌다.

2024년 2월,

임 나 운

봄, 시작하는 마음
우리들의 새로운 출발선

1판 1쇄 발행 2024년 2월 20일

지은이   이주호 태지원 김해리 김신식 황효진 강지혜 채반석 이승주

그린이   임나운
편집   이혜재
디자인   말리북
제작   세걸음

펴낸이   이혜재
펴낸곳   책폴
출판등록 제2021-000034호
전화   031-947-9390
팩스   0303-3447-9390
전자우편 jumping_books@naver.com

ⓒ 이주호 태지원 김해리 김신식 황효진 강지혜 채반석 이승주, 2024

ISBN 979-11-93162-22-4 03810

너와 나, 작고 큰 꿈을 안고 책으로 폴짝 빠져드는 순간
책폴

블로그 blog.naver.com/jumping_books
인스타그램 @jumping_books

책폴